7

Jul.

在这
坚硬的世界里，
修得
一颗柔软心

林清玄
——
著

浙江教育出版社 · 杭州

聚与散、幸福与悲哀、失望与希望，假如我们愿意品尝，

样样都有滋味，样样都是生命中不可或缺的。

当你站在灵性的高境界看起来，

人生的挫折跟困顿，很简单就化解了。

没有想到，化妆的最高境界竟是无妆，

竟是自然，这可使我刮目相看了。

柔软心是莲花，因慈悲为水、智慧做泥而开放。

我真正知道，番薯虽然卑微，它却联结着乡愁的土地，

永远在乡思的天地里吐露新芽。

看见他浑身都沐浴在黄昏柔美的霞光中，
那个画面、那串铃声，使我感到一种难言的幸福，
好像把人心灵深处的美感全唤醒了。

自序

如花柔软，莲为第一

林清玄

李耳的老师常枞，将圆寂之前。李耳随侍在侧，问老师说："老师还有什么最后的教诲吗？"

常枞张开嘴巴，问李耳："你看我的牙齿还在吗？"

李耳端详了半天，说："老师的牙齿都不在了！"

"你看看我的舌头还在吗？"

李耳又端详半天，说："老师的舌头还完好如初！"

常枞说："这就是我要教你的最后一课，最坚硬的牙齒最先崩壞，最柔軟的舌頭最後還完好，柔軟是最有力量的，我死了之後，你要以柔軟為師，就能發現最高的智慧。」

說完這段話，常樅含笑安詳而逝。

謹記老師的遺教，李耳以柔軟為師，創造了「以水為師」、「上善若水」、「心如赤子」、「返璞歸真」、「不敢為天下先」……的思想，成為中國最早，也最偉大的哲人，就是後來的「老子」。

老子的思想影響深遠，可以說，所有的中國人心裡都有老莊的影子，溫柔的、自然的、無為的，如果是在平和單純的時代，多能過著幸福的生活。

不幸的是，平和單純的時代早就失去了，這個世界多麼剛強，這個時代又如此混亂，每天牙齒咬著牙齒，大部分人的身心早就崩壞了。

只有深具柔軟心的人，才有可能幸福。

柔軟心是從容，如水的流動，在平原，成暖流，在深谷，成瀑布；在峰峪，成湖泊；在終極，成海洋，不論變成什麼，水的本質不變，水總是從容向前。

柔軟心是自在，如雲的飄流，雲無心而出岫，雲總是悠悠的，隨風任意四散，有時相聚，有時分離，相聚時也美，分離時也美。雲中千形萬象，雲中龍與雲影圖，隨類賦形，無論如何變幻，雲總是自在。

柔軟心是不執著，不執著於擁有的事物，不執著於因果的生活，不執著於結果，不執著於自我，只是隨緣自適，認真的過好每一個當下。

不只是道家對柔軟心感同身受，發展出陰陽、八卦、天地、日月等等充滿彈性的密碼。佛教的智慧也充滿柔軟心的象徵。諸佛菩薩都是坐在蓮花上，是因為「如花柔軟，蓮為第一」，只有心像蓮花瓣柔軟的人，才能安穩的坐在蓮花之上，而不傾動。

佛所講的四無量心：悲、智、行、願，都是從柔軟心生起的，唯有廣大的柔軟心，才會成為慈悲、智慧、力行。有大願的人。

除了蓮花的象徵，觀音菩薩是拿著細柔的楊柳枝來到人間，文殊菩薩是拿著如雲流動的玉如意來教導智慧。

正如迦葉的拈花，釋迦的微笑！

我喜歡處處都有柔軟的象徵，天上的雲，夜晚的月光，遠方的山，路過的小草，林中的霧，河裡的流水……。

對文學家而言，隨緣隨機，到處都有啟示；隨心隨意，無不有所創發，如果有人問我靈感來自何方，我可以說：並無特別的秘密，只是保有一顆柔軟心。

最近，出版社把我從前的作品，選出一冊，名為《在這堅硬的世界里，修得一顆柔軟心》，是走入了創作核心的選集，彷彿天邊的一朵云突然飄進窗裡，令人歡喜。

林清玄

二〇一六年初春

台北双溪清淳齋

目录

第一章 人间有味是清欢

清欢之所以好，是因为它对生活的无求，是它不讲求物质的条件，只讲究心灵的品味。

第二章 用欢喜心过生活

一个人如果要活在这个世界上，要过得开心，第一个非常重要的态度就是，你要有不断超越的心，不断地去超越原来的自我。

第三章 走向生命的大美

唯有清明的心，才能体验到什么是真实的美。
唯有不断地觉悟，才能体验到更深刻、广大、雄浑的美。
也唯有无上正觉的人，才能迈向生命的大美、至美、完美。

第四章 幸福的开关

生命的幸福原来不在于人的环境、人的地位、人所能享受的物质，而在于人的心灵如何与生活对应。

第五章　心田上的百合花开

百合花一朵朵地盛开着，花上每天都有晶莹的水珠，野草们以为那是昨夜的露水，只有百合自己知道，那是极深沉的欢喜所结的泪滴。

第六章 快乐地活在当下

快乐地活在当下，是除了承担之外，希望有期许、有愿望、有好的心情，不只坦然和自然，还希望能扭转此时此刻的生活，使自己永葆喜悦之心。

第一章

人间有味是清欢

清欢之所以好，是因为它对生活的无求，

是它不讲求物质的条件，只讲究心灵的品味。

这种清淡的欢愉不是来自别处，

正是来自对平静、疏淡、简朴生活的一种热爱。

人间有味是清欢

少年时代读到苏轼的一阕词，非常喜欢，到现在还能背诵：

细雨斜风作晓寒，
淡烟疏柳媚晴滩。
入淮清洛渐漫漫。
雪沫乳花浮午盏，
蓼茸蒿笋试春盘。
人间有味是清欢。

这阕词，苏轼在旁边写着“元丰七年十二月二十四日，从泗州刘倩叔游南山”，原来是苏轼和朋友到郊外去玩，在南山里喝了浮着雪花沫乳花的小酒，配着春日山野的蓼菜、茼蒿、新笋以及野草的嫩芽等，然后自己赞叹着：“人间有味是清欢！”

当时所以能深记这阕词，最主要是爱极了后面这一句，因为吃野菜这种平凡的清欢，才使人间更有滋味。“清欢”是什么呢？清欢几乎是难以翻译的，可以说是“清淡的欢愉”，这种清淡的欢愉不是来自别处，正是来自对平静、疏淡、简朴生活的一种热爱。一个人可以品味出野菜的清香胜过了山珍海味，或者一个人在路边的石头里体会到了比钻石更吸引人的滋味，或者一个人听林间鸟鸣的声音能感受到比提笼遛鸟更多的感动，或者甚至于静静品一壶乌龙茶比起在喧闹的晚宴中更能清洗心灵……这些就是“清欢”。

清欢之所以好，是因为它对生活的无求，是它不讲求物质的条件，只讲究心灵的品味。“清欢”的境界是很高的，它不同于李白的“人生在世不称意，明朝散发弄扁舟”那样的自我放逐；或者“人生得意须尽欢，莫使金樽空对月”那种尽情的欢乐。它也不同于杜甫的“人生有情泪沾臆，江水江花岂终极”这样悲痛的心事，或者“人生不相见，动如参与商。今夕复何夕，共此灯烛光”那种无奈的感叹。

我们活在这个世界上，有千百种人生，文天祥的是“人生自古谁无死，留取丹心照汗青”，我们很容易体会到他的壮怀激烈。欧阳修的是“人生自是有情痴，此恨不关风与月”，我们很能体会到他的绵绵情恨。纳兰性德的是“人到情多情转薄，而今真个不多情”，我们也不难会意到他无奈的哀伤，甚至于像王国维的“人生只似风前絮，欢也零星，悲也零星，都作连江点点萍”。

可是“清欢”就难了！

尤其是生活在现代的人，差不多是没有清欢的。

你说什么样是清欢呢？我们想在路边好好地散个步，可是人声、车声不断地呼啸而过，一天里，几乎没有纯然安静的一刻。

我们到馆子里，想要吃一些清淡的小菜，几乎是杳不可得，过多的油、过多的酱、过多的盐和味精已经成为中国菜的特色，端出来时把人吓一跳，因为菜上挤的沙拉比菜还多。

我们有时没有什么事，心情上只适合和朋友去啜一盅茶、饮一杯咖啡，可惜的是，心情也有了，朋友也有了，就是找不到地方，有茶有咖啡的地方总是嘈杂的，而且难以找到一边饮茶一边观景的处所。

俗世里没有清欢了，那么到山里去吧！到海边去吧！但是，山里和海边也不纯净了，凡是人的足迹可以到的地方就有了垃圾，就有了臭秽，就有了吵闹！

有几个地方我以前常去，像阳明山的白云山庄，叫一壶兰花茶，俯望着台北盆地里堆叠着的高楼与人欲，自己饮着茶，可以品到茶中有清欢。像在北投和阳明山间的山路边有一个小湖，湖畔有小贩卖工夫茶，小小的茶几、藤制的躺椅，独自开车去，走过石板的小路，叫一壶茶，在躺椅上静静地靠着，有时湖中的荷花开了，真是惊艳一山的沉默。有一次和朋友去，两人在躺椅上静静地喝茶，一下午竟说不到几句话，那时我想，这大概是“人间有味是清欢”了。

现在这两个地方也不能去了，去了只有伤心。湖里的不是荷花了，是漂浮着的汽水罐子；湖畔也无法静静躺着，因为人比草多，石板也被踏损了。到假日的时候，走路都很难不和别人推挤，更别说坐下来喝口茶，如果运气更坏，会遇到呼啸而过的飞车党，还有带伴唱机来跳舞的青年，那时所有的感官电路走火，不要说清欢，连欢也不剩了。

要找清欢就一日比一日更困难了。

我当学生的时候，有一位朋友住在中和圆通寺的山下，我常常坐着颠簸的公交车去找她，两个人便沿着上山的石阶，漫无目的地走走、坐坐、停停、看看。那时圆通寺山道石阶的两旁，杂乱地长着朱槿花，我们一路走，顺手拈下一朵熟透的朱槿花，吸着花朵底部的花露，其甜如蜜，而清香胜蜜，轻轻地含着一朵花的滋味，心里遂有一种只有春天才会有的欢愉。

圆通寺是一座全部由坚固的石头砌成的寺院，那些黑而坚固的石头坐落在山里，仿佛一座不朽的城堡。绿树掩映、清风徐徐，我们站在用石板铺成的前院里，看着正在生长的小市镇，那时的寺院是澄明而安静的，让人感觉走了那样高的山路，能站在那个

轻轻地含着一朵花的滋味，心里遂有一种只有春天才会有的欢愉。

平台上看着远方，就是人生里的清欢了。

后来，朋友嫁人，到海外去了。我去了一趟圆通寺。山道已经开辟出来，车子可以环山而上，小山路已经很少有人走了。就在寺院的门口，摆着满满的摊贩，有一摊是儿童乘坐的机器马，叽里咕噜的童歌震撼半山，有两摊是烤香肠的，烤烘香肠的白烟正往那古寺的大佛飘去，有一位母亲因为不准她的孩子吃香肠而揍打着两个孩子，激烈的哭声尖锐而急促……我连圆通寺的寺门都没有进去，就沉默地转身离开了。山还是原来的山，寺还是原来的寺，为什么感觉完全不同了？失去了什么吗？失去的正是清欢。

下山时心情是不堪的，想到星散的朋友，心情也不是悲伤，只是惆怅，浮起的是一阕词和一首诗，词是李煜的："高楼谁与上？长记秋晴望。往事已成空，还如一梦中！"诗是李觏的："人言落日是天涯，望极天涯不见家。已恨碧山相阻隔，碧山还被暮云遮。"那时正是黄昏，在都市烟尘蒙蔽了的落日中，真的看到了一种悲剧似的橙色。

二十岁的我，心情很坏的时候，就跑到青年公园对面的骑马场去骑马，那些马虽然因驯服而动作缓慢，却都年轻高大，有着光滑的毛色。双腿用力一夹，它也会如箭一般呼啸着向前蹿去，急速的风声就从两耳掠过。我最记得的是马跑的时候，迅速移动着的草的青色，青茸茸的，仿佛饱含生命的汁液。跑了几圈下来，一切坏的心情也就在风中、在青草里、在马的呼啸中消散了。

尤其是冬日的早晨，勒着缰绳，马就立在当地，踢着长腿，鼻孔中冒着一缕缕的白气，那些气可以久久不散，当马的气息在空气中消弭的时候，人也好像得到了某些舒放。

骑完马，到青年公园去散步，走到成行的树荫下，冷而强悍的空气在林间流荡着，可以放纵地、深深地呼吸，品味着空气里所含的元素，那元素不是别的，正是清欢。

最近有一天，突然想到了骑马，已经有十几年没骑了。到青年公园的马场时差一点没有吓昏，原来偌大的马场里已经没有一根草了，一根草也没有的马场大概只有台湾才有，马跑起来的时候，灰尘滚滚，弥漫在空气里的尽是令人窒息的黄土，蒙蔽了人的眼睛。马也老了，毛色斑驳而没有光泽。

最可怕的是，不知道什么时候在马场搭了一个塑胶棚子，铺了水泥地，奇丑无比，里面则摆满了机器小马，让人骑用，奇吵无比。为什么为了些微的小利，而牺牲了这个马场呢？

马会变老是我知道的事，人会转变是我知道的事，而在有真马的地方放机器马，在马跑的地方没有一根草则是我不能理解的事。

就在马场对面的青年公园，那里已经不能说是公园了，人比西门町还拥挤吵闹，空气比咖啡馆还坏，树也萎了，草也黄了，阳光也不灿烂了。我从公园穿越过去，想到少年时代的这个公园，心痛如绞，别说清欢了，简直像极了佛经中所说的“五浊恶世”！

生在这个时代，为何“清欢”如此难觅？眼要清欢，找不到青山绿水；耳要清欢，找不到宁静和谐；鼻要清欢，找不到干净空气；舌要清欢，找不到蓼茸蒿笋；身要清欢，找不到清凉净土；意要清欢，找不到智慧明心。如果你要享受清欢，唯一的方法是守在自己小小的天地，洗涤自己的心灵，因为在我们拥有愈多的物质世界，我们清淡的欢愉就日渐失去了。

现代人的欢乐，是到油烟爆起、卫生堪虑的啤酒屋吃炒蟋蟀，是到昏天暗地、不见天日的卡拉 OK 乱唱一气，是到乡村野店或胡乱搭成的土鸡山庄豪饮一番，是到狭小的房间里做方城之戏，永远重复着摸牌的一个动作……以为这些污浊放逸的生活是令人欢乐的，想起来毋宁是可悲的事。为什么现代人不能过清欢的生活，反而以浊为欢、以清为苦呢？

当一个人以浊为欢的时候，就很难体会到生命清明的滋味，而在欢乐已尽、浊心再起的时候，人间就愈来愈无味了。

这使我想起东坡的另一首诗来：

梨花淡白柳深青，柳絮飞时花满城。

惆怅东栏一株雪，人生看得几清明。

苏轼凭着东栏看着栏杆外的梨花，满城都飞着柳絮时，梨花

在我们拥有愈多的物质世界，

我们清淡的欢愉就日渐失去了。

也开了遍地，东栏的那株梨花却从深青的柳树间伸了出来，仿佛雪一样的清丽，有一种惆怅之美。但是，人生，看这么清明可喜的梨花能有几回呢？这正是千古风流人物的性情，这正是清朝大画家盛大士在《溪山卧游录》中说的："凡人多熟一分世故，即多一分机智。多一分机智，即少却一分高雅。""'山中何所有？岭上多白云。只可自怡悦，不堪持赠君。'自是第一流人物。"

第一流人物是什么人物？

第一流人物是在清欢里也能体会人间有味的人物！

第一流人物是在污浊滔滔的人间，也能找到清欢的人物！

用岁月在莲上写诗

那天路过台南县白河镇，就像暑天里突然饮了一盅冰凉的蜜水，又凉又甜。

白河小镇是一个让人吃惊的地方，它是本省最大的莲花种植地，在小巷里走，在田野上闲逛，都会在转角处看到一田田又大又美的莲花。那些经过细心栽培的莲花竟好似是天然生成，在大地的好风好景里毫无愧色，夏日里格外有一种欣悦的气息。

我去的时候正好是莲子收成的季节，种莲的人家都忙碌起来了，大人小孩全到莲田里去采莲子，对于我们这些只看过莲花美姿就叹息的人，永远也不知道种莲的人家是用怎么样的辛苦在维护一池莲，使它开花结果。

“夕阳斜，晚风飘，大家来唱采莲谣。红花艳，白花娇，扑面香风暑气消。你打桨，我撑篙，欸乃一声过小桥。船行快，歌声高，采得莲花乐陶陶。”我们童年唱过的《采莲谣》在白河好像一个梦境，因为种莲人家采的不是观赏的莲花，而是用来维持一家生活的莲子，莲田里也没有可以打桨撑篙的莲舫，而要一步一步踩在莲田的烂泥里。

采莲的时间是清晨太阳刚出来或者黄昏日头要落山的时分，一个个采莲人背起了竹篓，戴上了斗笠，踏入浅浅的泥巴里，把已经成熟的莲蓬一个个摘下来，放在竹篓里。

采回来的莲蓬先挖出里面的莲子，莲子外面有一层粗壳，要用小刀一粒一粒剥开，晶莹洁白的莲子就滚了一地。莲子剥好后，还要用细针把莲子里的莲心挑出来，这些靠的全是灵巧的手工，一粒也偷懒不得，所以全家老小都加入了工作。空的莲蓬可以卖给中药铺，还可以挂起来做装饰；洁白的莲子可以煮莲子汤，做许多可口的菜肴；苦的莲心则能煮苦茶，既降火又提神。

我在白河镇看采莲人工作了一天，不知道为什么总是觉得种莲的人就像莲子一样，表面上莲花是美的，莲田的景观是所有作物中最美丽的，可是他们工作的辛劳和莲心一样，是苦的。采莲的季节在端午节到九月的夏秋之交，等莲子采收完毕，接下来就要挖土里的莲藕了。

莲田其实是一片污泥，采莲的人要防备田里游来游去的吸血水蛭，莲花的梗则长满了刺。我看到每一位采莲人的裤子都被这些密刺划得千疮百孔，有时候还被划出一条条血痕，可见依靠美丽的莲花生活也不是简单的事。

小孩子把莲叶卷成杯状，捧着莲子在莲田埂上跑来跑去，才让我感知，再辛苦的收获也有快乐的一面。

莲花其实就是荷花，在还没有开花前叫“荷”，开花结果后就叫“莲”。我总觉得两种名称有不同的意义：荷花的感觉是天真纯情，好像一个洁净无瑕的少女；莲花则是宝相庄严，仿佛是即将生产的少妇。荷花是宜于观赏的，是诗人和艺术家的朋友；莲花带了一点生活的辛酸，是种莲人生活的依靠。想起多年来我对莲花的无知，只喜欢在远远的高处看莲、想莲，却从来没有走进真正的莲花世界，看莲田背后生活的悲欢，不禁感到愧疚。

人世里一件最平凡的事物也许是我们永远难以知悉的，

即使微小如莲子，也有一套生命的大学问。

谁知道一朵莲蓬里的三十个莲子，是多少血汗的灌溉？谁知道夏日里一碗冰冻的莲子汤是农民多久的辛劳？

我陪着一位种莲的人在他的莲田逡巡，看他走在占地一甲的莲田边，娓娓向我诉说一朵莲要如何下种，如何灌溉，如何长大，如何采收，如何避过风灾。等待明年的收成时，觉得人世里一件最平凡的事物也许是我们永远难以知悉的，即使微小如莲子，也有一套生命的大学问。

我站在莲田上，看日光照射着莲田，想起“留得残荷听雨声”恐怕是莲民难以享受的境界，因为荷残的时候，他们又要下种了。田中的莲叶坐着结成一片，站着也叠成一片，在田里交缠不清。我们用一些空虚清灵的诗歌来歌颂莲叶荷田的美，永远也不及种莲的人用他们的岁月和血汗在莲叶上写诗吧！

红心番薯

看我吃完两个红心番薯，父亲才放心地起身离去，走的时候还落寞地说：“为什么不找个有土地的房子呢？”

这次父亲北来，是因为家里的红心番薯收成，特地背了一袋给我，还挑选几个格外好的，希望我种在庭前的院子里。他万万没有想到的是，我早已从郊外的平房搬到城中的大厦，是根本容不下绿色的地方，甚至长不出一株狗尾巴草，更不要说番薯了。

到车站接了父亲回到家里，我无法形容父亲的表情有多么失望。他在屋内转了三圈，才放下提着的麻袋，愤愤地说：“伊娘咧！你竟住在无土的所在！”一个人住在脚踏不到泥土的地方，父亲竟不能忍受，这也是我看到他的表情后才知道的。然后他的愤愤转变成喃喃：“你住在这种上不着天下不着地的所在，我带来的番薯要种在哪里？要种在哪里？”

父亲对番薯的感情，也是这两年我才深切知道的。

那是有一次我站在旧家前，看着河堤延伸过来的菅芒花，在微凉的秋风中摇动着，那些遍地蔓生的菅芒长得有一人高，我看到较近的菅芒摇动得特别厉害，凝神注视，才突然看到父亲走在那一片菅芒里，我大吃一惊。原来父亲的头发和秋天灰白的菅芒花是同一种颜色，他在遍地菅芒的野地里走了几百公尺，我竟未能看见。

那时我站在家前的番薯田里，父亲来到我的面前，微笑地问：“在看番薯吗？你看长得像羊头一样大了哩！”说着，他蹲下来很细心地拨开泥土，捧出一个精壮圆实的番薯来，以一种赞叹的神情注视着番薯。我带着未能在菅芒花中看见父亲身影的愧疚心情，与他面对面蹲着。父亲突然像儿童一般天真欢愉地叹了一口气，很自得地说：“你看，恐怕没有人番薯种得比我好了。”然后他小心翼翼地把那个番薯埋入土中，动作像是在收藏一件艺术品，神情庄重而带着收获的欢愉。

父亲的神情使我想起幼年关于番薯的一些记忆。有一次我和几位外省的小孩子吵架，他们一直骂着：“番薯呀！番薯呀！”我就回骂：“老芋呀！老芋呀！”

对这两个名词我是疑惑的，回家询问了父亲。那天他喝了几杯老酒，神情很是愉快，他打开一张老旧的地图，指着台湾的那

为什么番薯的心还红着，父亲的头发竟白了。

一部分说："台湾的样子真是像极了红心的番薯，你们是这番薯的子弟呀！"而无知的我便指着北方广大的大陆说："那这大陆的形状就是一个大的芋头了，所以外省人是芋仔的子弟？"父亲大笑起来，抚着我的头说："憨囝仔，我们也是从唐山来的，只是来得比较早而已。"

然后他用一支红笔，在地图上将我们遥远的北方故乡有力地画下来，牵连到我们所居的台湾南部。那是第一次在十烛光的灯泡下，我认识到，芋头与番薯原来是极其相似的植物，并不是我们想象中那么判然有别的。也第一次知道，原来在东北会落雪的故乡，也遍生着红心的番薯！

我更早的记忆，是从我会吃饭开始的。家里每次收成番薯，总是保留一部分填置在木板的眠床底下。我们的每餐饭中一定煮了三分之一的番薯，早晨的稀饭里也放了番薯签，有时吃腻了，我就抱怨起来。

听完我的抱怨，父亲就激动地说起他少年的往事。他们那时为了躲警报，常常在防空壕里一窝就是一整天。所以祖母每每把番薯煮好放着，一旦警报声响起，父亲的九个兄弟姊妹就每人抱两三个番薯直奔防空壕，一边啃番薯，一边听飞机和炮弹在四处交响。他的结论常常是："那时候有番薯吃，已经是天大的幸福了。"他一说完这个故事，我们只好默然地把番薯扒到嘴里去。

父亲的番薯训诫并不是寻常都如此严肃，偶尔也会说起战前在日本人的小学堂中放屁的事。由于吃多了番薯，屁有时是忍耐不住的，当时吃番薯又是一般家庭所不能免，父亲形容说：“因此一进了教室往往是战云密布，不时传来屁声。”而他说放屁是会传染的，常常一呼百应，万众皆响。有一回放屁放得太厉害，全班被日本老师罚跪在窗前，即使跪着，屁声仍然不断。父亲颀笑地说：“经过跪的姿势，屁声好像更响了。”他说这些的时候，我们通常就吃番薯吃得比较甘心，放起屁来也不以为忤了。

然后是一阵战乱，父亲到南洋打了几年仗，在丛林之中，时常从睡梦中把他唤醒、时常让他在思乡时落泪的，不是别的珍宝，而是普普通通的红心番薯。它炙烤过的香味，穿过数年的烽火，在万金家书也不能抵达的南洋，温暖了一位年轻战士的心，并呼唤他平安地回到家乡。他有时想到番薯的香味，一张像极番薯形状的台湾地图就清楚浮现，思绪接着往南方移动，再来的图像便是温暖的家园，还有宽广无边、结满黄金稻穗的大平原……

战后返回家乡，父亲的第一件事便是在家前家后种满了番薯，日后遂成为我们家的传统。家前种的是白瓤番薯，粗大壮实，一个可以长到十斤以上；屋后一小片园地是红心番薯，一串一串的果实，细小而甜美。白瓤番薯是为了预防战争逃难而准备的，红心番薯则是父亲南洋梦里的乡思。

每年父亲从南洋归来的纪念日，夜里的一餐我们通常不吃饭，只吃红心番薯，听着父亲诉说战争的种种，那是我农夫父亲的忧患意识。他总是记得饥饿的年代，番薯是可以饱腹的，如今回想起来，一家人围着小灯食薯，那种景况我在凡·高的名画《吃土豆的人》中几乎看见，在沉默中，是庄严而肃穆的。

在这个近百年来中国最富裕的此时此地，父亲的忧患想来恍若一个神话。大部分人永远不知有枪声，只有极少数经过战争的人，在他们心底有一段番薯的岁月，那岁月里永远有枪声时起时落。

由于有那样的童年，日后我在各地旅行的时候，便格外留心番薯的踪迹。我发现在我们所居的这张番薯形状的地图上，从最北角到最南端，从山坡上贫瘠的石头地到河岸边肥沃的沙浦，番薯都能坚强地、不经由任何肥料与农药而向四方生长，并结出丰硕的果实。

有一次，我在澎湖人口已经迁徙的无人岛上，看到人所耕种的植物都被野草吞没了，只有遍生的番薯还和野草争着方寸，在无情的海风烈日下开出一片淡红的晨曦颜色的花，而且在最深的土里，各自紧紧握着拳头。那时我知道在人所种植的作物之中，番薯是最强悍的。

这样想着，幼年家前家后的番薯花突然在脑中闪现，番薯花的形状和颜色都像牵牛花，唯一不同的是，牵牛花不论在篱笆上，还是在阴湿的沟边，都抬头挺胸，仿佛要探知人世的风景；番薯花则通常是卑微地依着土地，好像在嗅着泥土的芳香。在夕阳将下之际，牵牛花开始萎落，而那时的番薯花却开得正美，淡红晚霞一样的色泽，染满了整片土地。

正如父亲常说，世界上没有一种植物比得上番薯，它从头到脚都有用，连花也是美的。现在台北最干净的菜市场也卖番薯叶子，价钱还颇不便宜。有谁想到这在乡间是最卑贱的菜，是逃难的时候才吃的？

在我居住的地方，巷口本来有一位卖糖番薯的老人，一个滚圆的大铁锅，挂满了糖渍过的番薯，开锅的时候，一缕扑鼻的香味由四面扬散出来，那些番薯是去皮的，长得很细小，却总像记录着什么心底的珍藏。有时候我向老人买一个番薯，散步回来时吃着，那蜜一样的滋味进了腹中，却有一点酸苦，因为老人的脸总使我想起在烽烟中奔走过的风霜。

老人是离乱中幸存的老兵，家乡在山东偏远的小县。有一回我们为了番薯问题争辩起来，老人坚称台湾的红心番薯如何也比不上他家乡的红瓤番薯，他的理由是：“台湾多雨水，番薯哪有俺家乡的甜？俺家乡的番薯真是甜得像蜜！”老人说话的神情好像当时他已回到家乡，站在番薯田里。看着他的神情，使我想起父亲和他的南洋，他在烽火中的梦，我真正知道，番薯虽然卑微，它却联结着乡愁的土地，永远在乡思的天地里吐露新芽。

父亲送我的红心番薯过了许久，有些要发芽的样子，我突然想起在巷口卖糖番薯的老人，便提了一些去巷口送他，没想到老人改行卖牛肉面了，我说：“你为什么不卖地瓜呢？”老人愕然地说：“唉！这年头，人连米饭都不肯吃了，谁来买俺的地瓜呢？”我无奈地提着番薯回家，把番薯袋子丢在地上，一个番薯从袋口跳出来，破了，露出其中鲜红的血肉。这些无知的番薯，为何经过卅年，心还是红的，不肯改一点颜色？

老人和父亲生长在不同背景的同一个年代，他们在颠沛流离的大时代里，只是渺小而微不足道的人，可能只有那破了皮的红心番薯才能记录他们心里的颜色；那颜色如清晨的番薯花，在晨曦掩映的云彩中，曾经欣欣茂盛过，曾经以卑微的球根累累互相拥抱、互相温暖。他们之所以能卑微地活过人世的烽火，是因为在心底的深处有着故乡的骄傲。

站在阳台上，我看到父亲去年给我的红心番薯，我任意种在花盆中，放在阳台的花架上，如今，它的绿叶已经长到磨石子地上，甚至有的伸出阳台的栏杆，仿佛在找寻什么。每一丛红心番薯的小叶下都长出根的触须，在石地板上待久了，有点萎缩而干枯了。那小小的红心番薯竟是在找寻它熟悉的土地吧！因为土地，我想起父亲在田中耕种的背影，那背影的远处，是他从菅芒花丛中远远走来，到很近的地方，花白的头发，冒出了菅芒。为什么番薯的心还红着，父亲的头发竟白了。

在我十岁那年，父亲首次带我到都市来，我们行经一片被拆除公寓的工地，工地堆满了砖块和沙石。父亲在堆置的砖块缝中，一眼就辨认出几片番薯叶子，我们循着叶子的茎络，终于找到几乎被完全掩埋的根，父亲说：“你看看这番薯，根上只要有土，它就可以长出来。”然后他没有再说什么，执起我的手，走路去饭店参加堂哥隆重的婚礼。

如今我细想起来，那一株被埋在建筑工地的番薯，有着逃难的身世，由于它的脚在泥土里，苦难也无法掩埋它，比起这些种在花盆中的番薯，它有着另外的命运和不同的幸福，就像我们远离了百年的战乱，住在看起来隐秘而安全的大楼里，却有了失去泥土的悲哀——伊娘咧！你竟住在无土的所在。

星空夜静，我站在阳台上仔细端凝盆中的红心番薯，发现它吸收了夜的露水，在细瘦的叶片上，片片冒出了水珠，每一片叶都沉默小心地呼吸着。那时，我几乎听到了一个有泥土的大时代，上一代人的狂歌与低吟都埋在那小小的花盆中，只有静夜的敏感才能听见。

黄玫瑰的心

为了这绝望的爱情，我已经过了很长一段沮丧、疲倦、行尸走肉般的日子。昨夜从矿坑灾变中采访回来，因痛惜生命的脆弱与无助，躺在床上不能入睡。清晨，当第一道阳光照入，我决定为那已经奄奄一息的爱情做最后的努力。我想，第一件该做的事情是到我常去的花店买一束玫瑰花，要鹅黄色的，因为我的女友最喜欢黄色的玫瑰。

刮好胡子，勉强拍拍自己的胸膛说："振作起来。"想到昨天在矿坑灾变后那些沉默哀伤但坚强的面孔，我出门了。

往市场的花店走去，想到在一起五年的女朋友，竟为了一个其貌不扬、既没有情趣又没有才气的人而离开，而我又为这样的女人去买玫瑰花，既心痛又心碎，生气又悲哀得想流泪。

人也是一样，愈朴素单纯的人，愈有内在的芳香。

一朵花里，就能看到宇宙的庄严，看到美以及不屈服的意志。

到了花店，一桶桶美艳的、生气昂扬的花正迎着朝阳开放。

找了半天，才找到放黄玫瑰的桶子，只剩下九朵，每一朵都垂头丧气的。“真衰！人在倒霉的时候，想买的花都垂头丧气的。”我在心里咒骂道。

“老板，”我粗声地问，“还有没有黄玫瑰？”

老先生从屋里走出来，和气地说：“没有了，只剩下你看见的那几朵啦。”

“这黄玫瑰每一朵的头都垂下来了，我怎么买？”

“哦，这个容易，你去市场里逛逛，半个小时后回来，我包给你一束新鲜的、有精神的黄玫瑰。”老板赔着笑，很有信心地说。

“好吧。”我心里虽然不信，但想到说不定他要向别的花店调，也就转进市场去逛了。心情沮丧时看见的市场简直是尸横遍野，那些被分解的动物尸体，使我更深刻地感受到这是一个悲苦的世界，小贩刀俎的声音，使我的心更烦乱。

好不容易在市场里熬了半个小时，再转回花店时，老板已把一束元气淋漓的黄玫瑰用紫色的丝带包好了，放在玻璃柜上。

我不敢相信自己的眼睛，我说：“这就是刚刚那一些黄玫瑰吗？”——它们垂头丧气的样子还映在我的眼前。

“是呀！就是刚刚那些黄玫瑰。”老板还是笑嘻嘻地说。

“你是怎么做到的，刚刚明明已经谢了呀。”我听到自己发出惊奇的声音。

花店老板说："这非常简单，刚刚这些玫瑰不是凋谢，只是缺水，我把它整株泡在水里，才二十分钟，它们全部又挺起胸膛了。"

"缺水？你不是把它们插在水桶里了吗？怎么可能缺水呢？"

"少年仔，玫瑰花整株都需要水呀！泡在水桶里的是它的根茎，它喝到的水就好像人吃饭一样。但是人不能光吃饭，人要动脑筋、有思想、有智慧，才能活得抬头挺胸。玫瑰花的花朵也需要水，在田野里，它们有雨水露水，但是剪下来后就很少有人注意它的头也需要水了，整株泡在水里，很快就恢复精神了。"

我听了非常感动，怔在那里：呀！原来人要活得抬头挺胸，需要更多的智慧，要常把干枯的头脑泡在冷静的智慧之水里。

当我告辞的时候，老板拍拍我的肩膀说："少年仔，要振作呀！"这句话差点儿使我流着泪走回家，原来他早就看清我是一朵即将枯萎的黄玫瑰。

回到家，我放了一缸水，把自己整个人泡在水里，体会着一朵黄玫瑰的心，泡好起来后感觉通身舒泰，决定不把那束玫瑰送给离去的女友。

那一束黄玫瑰每天都会被我泡一下水，一星期以后花瓣才凋落，凋谢时还是抬头挺胸的。

这是几十年前，我写在笔记本上的一个真实的事。从那次以后，我就知道了一些买回来的花朵垂头丧气的秘密。最近找到这一段笔记，感触和当时一样深，更确实地体会到，人只要用细腻的心去体会万象万法，到处都有启发的智慧。

一朵花里，就能看到宇宙的庄严，看到美以及不屈服的意志。

有一位花贩告诉我，几乎所有的白花都很香，愈是颜色艳丽的花愈是缺乏芬芳，他的结论是："人也是一样，愈朴素单纯的人，愈有内在的芳香。"

有一位花贩告诉我，夜来香其实白天也很香，但是很少有人闻得到，他的结论是："因为白天人的心太浮躁了，闻不到夜来香的香气，如果一个人白天的心也很沉静，就会发现夜来香、桂花、七里香，连在酷热的中午也是香的。"

有一位花贩告诉我，清晨买莲花一定要挑那些盛开的，结论是："早上是莲花开放最好的时间，如果一朵莲花早上不开，可能中午和晚上都不会开了。我们看人也是一样，一个人在年轻的时候没有志气，中年或晚年是很难有志气的。"

有一位花贩告诉我，愈是昂贵的花愈容易凋谢，那是为了要向买花的人说明："要珍惜青春呀！因为青春是最名贵的花！"

有一位花贩告诉我……

让我们来体会这有情世界的一切展现吧，当我们有大觉的心，甚至体贴一朵黄玫瑰，以心印心，心心相印，我们就会知道，原来在最近最平凡的一切里，就有最深最奇绝的睿智呀！

美丽的心

在一个演讲会上，一位听众问我："林先生，我发现来听你演讲的人，不论男女都长得很美丽。我想请问你，是美丽的人特别喜欢读你的书呢，还是读了你的书会变得美丽？"

由于他的问题如此突兀，引起一阵哄堂大笑。

我说："你看到这些人这么美丽，那是因为你用美丽的心来看他们，就像现在我们看着你，觉得你也十分美丽呀！"

演讲完后，我沿着暗夜的公园走回家，发现月色下的公园也非常美丽，花树温婉，池水浮金，空气中飘着花香，是呀！这世界如此美丽，有的人特别容易看见，是缘于他们有美丽的心。

令人遗憾的是，通常我们只看见公园的美丽，花与树的美丽，月亮与星星的美丽，很少人看见别人的美丽，看见那在街头、在餐厅、在很多很多地方的许多美丽的心。

我的写作，不只是在告诉人们关于这人间的美丽，还是在唤起一些沉睡着的美丽的心。

究竟要怎么样的历练，我们才能像这一朵清净之莲呢？

所谓独乐，是一个人独处时也能欢喜，有心灵与生命的充实，

就是一下午静静地坐着，也能安然。

清净之莲

偶尔在人行道上散步，忽然看到从街道延伸出去，在极远极远的地方，一轮夕阳正挂在街的尽头，这时我会想：如此美丽的夕阳实在是预示了一天即将落幕。

偶尔在某一条路上，见到木棉叶子落尽的枯枝，深褐色的孤独地站在街旁，有一种萧索的姿势，这时我会想：木棉又落了，人生看美丽木棉花的开放能有几回呢？

偶尔在路旁的咖啡馆，看绿灯亮起，一位衣着素朴的老妇，牵着衣饰绚如春花的小孙女，匆匆地横过马路，这时我会想：那老妇曾经是花一般美丽的少女，而那少女则总有一天会成为牵着孙女的老妇。

偶尔在路上的行人天桥站住，俯视着天桥下川流不息、往四面八方奔窜的车流，却感觉那样的奔驰仿佛是一个静止的画面。这时我会想：到底哪里是起点？而何处才是终点呢？

偶尔回到家里，打开水龙头要洗手，看到喷涌而出的清水急促地流淌，突然使我站在那里，有了深深的颤动，这时我想着：水龙头流出来的好像不是水，而是时间、心情，或者是一种思绪。

偶尔在乡间小道上，发现了一朵被人遗忘的蝴蝶花，形状像极了凤凰花，却比凤凰花更典雅，我倾身闻着花香的时候，一朵蝴蝶花突然飘落下来，让我大吃一惊。这时我会想：这花是蝴蝶的幻影，还是蝴蝶是花的前身呢？

偶尔在静寂的夜里，听到邻人饲养的猫在屋顶上为情欲追逐，互相惨烈地嘶叫，让人的汗毛都为之竖立。这时我会想：动物的情欲是如此粗糙，但如果我们站在比较细腻的高点来回观人类，人不也是那样粗糙的动物吗？

偶尔在山中的小池塘里，见到一朵红色的睡莲，从泥沼的浅地中昂然抽出，开出了一串美丽的音符，仿佛无视于外围的污浊。这时我会想：呀！呀！究竟要怎么样的历练，我们才能像这一朵清净之莲呢？

偶尔我们也是和别人相同地生活着，可是我们让自己的心平静如无波之湖，我们就能以明朗清澈的心情来照见这个无边的复杂的世界，在一切的优美、败坏、清明、污浊之中找到智慧。我们如果是有智慧的人，一切烦恼都会带来觉悟，而一切小事都能使我们感知它的意义与价值。

在人间寻求智慧也不是那样难的。最要紧的是，使我们自己有柔软的心，柔软到我们看到一朵花中的一片花瓣落下，都使我们动容颤抖，知悉它的意义。

唯其柔软，我们才能敏感；唯其柔软，我们才能包容；唯其柔软，我们才能精致；也唯其柔软，我们才能超拔自我，在受伤的时候甚至能包容我们的伤口。

柔软心是大悲心的芽苗，柔软心也是菩提心的种子，柔软心是我们在俗世中生活，还能时时感知自我清明的泉源。

那最美的花瓣是柔软的，那最绿的草原是柔软的，那最广阔的海是柔软的，那无边的天空是柔软的，那在天空自在飞翔的云是柔软的！

我们心的柔软，可以比花瓣更美，比草原更绿，比海洋更广，比天空更无边，比云还要自在，柔软是最有力量，也是最恒常的。

且让我们在卑湿污浊的人间，开出柔软清净的智慧之莲吧！

信仰使人清净

最近，我应台北市修女联谊会之邀，到主教会署去演讲，一口气讲了三个小时。同日演讲的还有辅大教授李震神父，黄昏做弥撒之前，我们曾有一个小小的座谈，李神父虽是奉献于基督，但他要在座的修女们应多从佛、道、儒、墨等家去研究智慧。

他说："作为中国的神父和修女，与西方人是不同的，因为我们一出生就流着佛、道、儒、墨的血液，所以不应该，也不能斩断这些传统的东西，我们更要向里面求智慧。"

然后是修女们唱圣歌、做弥撒，室内遂流动着良善与优美、庄严与和谐。

我虽是虔诚的佛教徒，但看到修女们脸上的表情时也不禁深受感动，感觉到人能有一个可以坚持诚敬礼拜的信仰实在是非常幸福的事，由于有了信仰，才能有直心、有静心、有道心。

人间的许多美德也是从信仰中养成的，譬如讲慈悲的心情，佛教是度众生，天主教是为人群服务；譬如守戒清修，佛教是比丘和比丘尼，天主教是神父和修女；譬如见诸本心和忏悔，佛教是禅坐静观，天主教是默祷弥撒……在信仰里，人可以有奉献、谦虚、宽容、相信宇宙力量等美德。

最重要的是，信仰使人清净自在，真心圆满，远离颠倒梦想。尤其是佛法中认为信是最上乘的，也是最世间的，因为信才能得智慧，才能成正觉，才能渡生死的大河。《佛说大乘十法经》说："信为最上乘，以是成正觉；是故信等事，智者敬亲近。信为最世间，信者无穷乏；是以信等法，智者正亲近。不信善男子，不生诸白法；犹如焦种子，不生于根芽。"《梵网经》说："一切行以信为首，众德根本。"《心地观经》说："入佛法海，信为根本。渡生死河，戒为船筏。"都说明了信仰的重要。

对于有信仰的人，《楞严经》说得好："譬如琴、瑟、箜篌、琵琶，虽有妙音，若无妙指，终不能发。"《达摩血脉论》则说："所以不信，譬如无目人，不信道有光明，纵向伊说亦不信，只缘盲故，凭可辨得日光？"

没有信仰的人难以知道信仰可以带给人怎样的快乐，也很难知道信仰可以达到怎样平静清净的境界，当然不知宇宙之大，时间之无量了。

禅宗有一副名联是：“万古长空，一朝风月。”南宋的善能禅师解释得最好：“不可以一朝风月，昧却万古长空；不可以万古长空，不明一朝风月。”正如当代最伟大的科学家爱因斯坦所说：“那些无法参透的事物所呈现的是最高的智慧和光彩夺目的美，而我们类似萤火之光的能力，却只能靠‘知’与‘感’这种最原始的形式来了解它呢！”

信仰的智慧确实是无与伦比、至高无上、正见无邪的智慧。

我们都是有情的众生，财富、名器、享用皆不难求，难的是能把智慧信仰摆在一切之上，使我们心如赤子，得真正的明净与感动，如佛所言：“我净故施净。施净故愿净。愿净菩提净。道净一切净。”

人生还有什么比清净更高的境界、更真如之美呢？

在烟中腾云过了，在雨里行走过了，什么都过了，还能如何?

酒成之际，桂香袅袅，直似天品。

温一壶月光下酒

逃情

幼年时在老家西厢房，姐姐为我讲东坡词，有一回讲到《定风波》中“一蓑烟雨任平生”这个句子时让我吃了一惊，仿佛见到一个竹杖芒鞋的老人在江湖道上踽踽独行，身前身后都是烟雨弥漫，一条长路连到远天去。

“他为什么？”我问。

“他什么都不要了。”姐姐说，“所以到后来有‘回首向来萧瑟处，归去，也无风雨也无晴’之句。”

“这样未免太寂寞了，他应该带一壶酒、一份爱、一腔热血。”

“在烟中腾云过了，在雨里行走过了，什么都过了，还能如何？所谓‘来往烟波非定居，生涯蓑笠外无余’，生命的事一经过了，再热烈也是平常。”

年纪稍长，才知道“竹杖芒鞋轻胜马，谁怕？一蓑烟雨任平生”的境界并不容易达致，因为生命中真是有不少不可逃不可抛的东西，名利倒还在其次；至少像一壶酒、一份爱、一腔热血都是不易逃的，尤其是情爱。

记得日本小说家武者小路实笃曾写过一个故事，传说有一个久米仙人，在尘世里颇为情苦，为了逃情，入山苦修成道，一天腾云游经某地，看见一个浣纱女足胫甚白。久米仙人为之目眩神驰、凡念顿生，飘忽之间，已经自云头跌下。可见逃情并不是苦修就可以得到的。

我觉得“逃情”必须是一时兴到、妙手偶得，如写诗一样，也和酒趣一样。狂吟浪醉之际，诗涌如浆，此时大可以用烈酒热冷梦，一时彻悟。倘若苦苦修炼，可能达到“好梦才成又断，春寒似有还无”的境界，离逃情尚远，因此一见到“乱头粗服，不掩国色”的浣纱女就坠落云头了。

前年冬天，我遭到情感的大创剧痛，曾避居花莲逃情，繁星冷月之际与和尚们谈起尘世的情爱之苦，谈到凄凉处连和尚都泪不能禁。如果有人问我：“世间情是何物？”我会答曰：“不可逃之物。”连冰冷的石头相碰都会撞出火来，每个石头中事实上都有火种，可见再冰冷的事物也有感性的质地，情何以逃呢？

情仿佛是一个大盆，再善游的鱼也不能游出盆中，人纵使能相忘于江湖，情却比江湖更大。

我想，逃情最有效的方法可能是更勇敢地去爱，因为情可以致病，也可以治病；假如看遍了天下足胫，浣纱女再国色天香也无可奈何了。情者是堂堂巍巍，壁立千仞，从低处看是仰不见顶，自高处观是俯不见底，令人不寒而栗，但是如果在千仞上多走几遭，就没有那么可怖了。

理学家程明道曾与弟弟程伊川共同赴友人宴席，席间友人召妓共饮，伊川正襟危坐，目不斜视，明道则毫不在乎，照吃照饮。宴后，伊川责明道不恭谨，明道先生答曰："目中有妓，心中无妓！"这是何等洒脱的胸襟，正是"云月相同，溪山各异"，是凡人所不能致的境界。

说到逃情，不只是逃人世的情爱，有时候心中有挂也是情牵。有一回，暖香吹月时节与友在碧潭共醉，醉后扶上木兰舟，欲纵舟大饮，朋友说："也要楚天阔，也要大江流，也要望不见前后，才能对月再下酒。"死拒不饮，这就是心中有挂，即使挂的是楚天大江，终不能无虑，不能万情皆忘。

以前读《词苑丛谈》，其中有一段故事：

后周末，汴京有一石氏开茶坊，有一个乞丐来索饮，石氏的幼女敬而与之，如是者达一个月，有一天被父亲发现打了她一顿，她非但不退缩，反而供奉益谨。乞丐对女孩说：“你愿喝我的残茶吗？”女嫌之，乞丐把茶倒一部分在地上，满室生异香，女孩于是喝掉剩下的残茶，一喝便觉神清体健。

乞丐对女孩说：“我就是吕仙，你虽然没有缘分喝尽我的残茶，但我还是让你求一个愿望。”女只求长寿，吕仙留下几句话：“子午当餐日月精，元关门户启还扃，长似此，过平生，且把阴阳仔细烹。”遂飘然而去。

这个故事让我体察到万情皆忘，“且把阴阳仔细烹”实在是神仙的境界，石姓少女已是人间罕有，还是忘不了长寿，忘不了嫌恶，最后仍然落空，可见情不但不可逃，也不可求。

年岁越长，越觉得苏东坡“一蓑烟雨任平生”“也无风雨也无晴”词意之不可得，想东坡也有“春色三分，二分尘土，一分流水。细看来，不是杨花，点点是离人泪”的情思；有“但愿人长久，千里共婵娟”的情愿；有“念故人老大，风流未减，空回首，烟波里”的情怨；也有“若待得君来向此，花前对酒不忍触。共粉泪，雨簌簌”的清冷，可见“一蓑烟雨任平生”只是他的向往。

情何以可逃呢？

煮雪

传说在北极的人因为天寒地冻，一开口说话就结成冰雪，对方听不见，只好回家慢慢地烤来听……

这是个极度浪漫的传说，想是多情的南方人编出来的。

可是，我们假设说话结冰是真有其事，也是颇有困难的，试想：回家烤雪、煮雪的时候要用什么火呢？因为人的言谈是有情绪的，煮得太慢或太快都不足以表达说话者的情绪。

如果我生在北极，可能要为煮的问题烦恼半天，与性急的人交谈，回家要用大火煮烤；与性温的人交谈，回家要用文火。倘若与人吵架呢？回家一定要生个烈火，才能声闻当时哔哔剥剥的火爆声。

遇到谈情说爱的时候，回家就要仔细酿造当时的气氛，先用情诗情词裁冰，把它切成细细的碎片，加上一点酒来煮，那么，煮出来的话便能使人微醉。倘若情浓，则不可以用炉火，要用烛火再加一杯咖啡，才不会醉得太厉害，还能维持一丝清醒。

遇到不喜欢的人、不喜欢的话就好办了，把结成的冰随意弃置就可以了。爱听的话则可以煮一半，留一半他日细细品尝，住在北极的人真是太幸福了。

但是幸福也不常驻，有时候天气太冷，火生不起来，是让人着急的，只好拿着冰雪用手慢慢让它融化，边融边听。遇到性急的人恐怕要用雪往墙上摔，摔得力小时听不见，摔得用力则声震屋瓦，造成噪声。

我向往北极说话的浪漫世界，那是个宁静祥和又能自己制造生活的世界，在我们这个到处都是噪声的时代里，有时候我会希望大家说出来的话都结成冰雪，回家如何处理是自家的事，谁也管不着。尤其是人多要开些无聊的会议时，可以把那块嘈杂的大雪球扔在家前的阴沟里，让它永远见不到天日。

此时此地，煮雪恐怕要变成一门学问，生活经验丰富的人可以依据雪的大小、成色，专门帮人煮雪为生；因为要煮得恰到好处，和说话恰如其分一样，确实不易。年轻的恋人们则可以去借别人的“情雪”，借别人的雪来浇自己心中的块垒。

如果失恋，等不到冰雪尽融的时候，就放一把火把雪屋都烧了，烧成另一个春天。

温一壶月光下酒

煮雪如果真有其事，别的东西也可以留下，我们可以用一个空瓶把今夜的桂花香装起来，等桂花谢了，秋天过去，再打开瓶盖，细细品尝。

把初恋的温馨用一个精致的琉璃盒子盛装，等到青春过尽、垂垂老矣的时候，掀开盒盖，扑面一股热流，足以使我们老怀堪慰。

这其中还有许多意想不到的情趣，譬如将月光装在酒壶里，用文火一起温来喝……此中有真意，乃是酒仙的境界。

有一次与朋友住在狮头山，每天黄昏时候在刻着“即心是佛”的大石头下开怀痛饮，常喝到月色满布才回到庙里睡觉，过着神仙一样的生活。最后一天我们都喝得有点醉了，携着酒壶下山，走到山下时顿觉胸中都是山香云气，酒气不知道跑到何方了，才知道喝酒原有这样的境界。

有时候抽象的事物也可以让我们感知，有时候实体的事物也能转眼化为无形，岁月当是明证，我们活着的时候真正感觉到自己是存在的，岁月的脚步一走过，转眼便如云烟无形。但是，这些消逝于无形的往事，却可以拿来下酒，酒后便会浮现出来。

喝酒是有哲学的，准备许多下酒菜，喝得杯盘狼藉是下乘的喝法；几粒花生米、一盘豆腐干，和三五好友天南地北是中乘的喝法；一个人独斟自酌，举杯邀明月，对影成三人，是上乘的喝法。

关于上乘的喝法，春天的时候可以面对满园怒放的杜鹃细饮五加皮；夏天的时候，在满树狂花中痛饮啤酒；秋日薄暮，用菊花煮竹叶青，人与海棠俱醉；冬寒时节则面对篱笆间的忍冬花，用蜡梅温一壶大曲。这种种，就到了无物不可下酒的境界。

当然，诗词也可以下酒。

俞文豹在《吹剑续录》中谈到一个故事，提到苏东坡有一次在玉堂日，有一幕士善歌，东坡因问曰："我词何如柳七（柳永）？"幕士对曰："柳郎中词，只合十七八女郎，执红牙板，歌'杨柳岸，晓风残月'。学士词，须关西大汉、铜琵琶、铁棹板，唱'大江东去'。"东坡为之绝倒。

这个故事也能引用到饮酒上来，喝淡酒的时候，宜读李清照；喝甜酒时，宜读柳永；喝烈酒则大歌东坡词。其他如辛弃疾，应饮高粱小口；读放翁，应大口喝大曲；读李后主，要用马祖老酒煮姜汁到出怨苦味时最好；至于陶渊明、李太白则浓淡皆宜，狂饮细品皆可。

喝纯酒自然有真味，但酒中别掺物事也自有情趣。范成大在《骖鸾录》里提到："番禺人作心字香，用素茉莉未开者，着净器，薄劈沉香，层层相间封，日一易，不待花蔫，花过香成。"我想，应做茉莉心香的法门也是掺酒的法门，有时不必直掺，斯能有纯酒的真味，也有纯酒所无的余香。我有一位朋友善做葡萄酒，酿酒时以秋天桂花围塞，酒成之际，桂香袅袅，直似天品。

我们读唐宋诗词，乃知饮酒不是容易的事，遥想李白当年斗酒诗百篇，气势如奔雷，作诗则如长鲸吸百川，可以知道这年头饮酒的人实在没有气魄。现代人饮酒讲格调，不讲诗酒。袁枚在《随园诗话》里提过杨诚斋的话："从来天分低拙之人，好谈格调，而不解风趣，何也？格调是空架子，有腔口易描，风趣专写性灵，非天才不办。”在秦楼酒馆饮酒作乐，这是格调，能把去年的月光温到今年才下酒，这是风趣，也是性灵，其中是有几分天分的。

《维摩经》里有一段天女散花的记载，正在菩萨为弟子讲经的时候，天女出现了，在菩萨与弟子之间遍撒鲜花，散布在菩萨身上的花全落在地上，散布在弟子身上的花却粘在他们身上，弟子们不好意思，用神力想使它掉落也不掉落。仙女说："观诸菩萨花不着者，已断一切分别想故。譬如，人畏时，非人得其便。如是弟子畏生死故，色、声、香、味，触得其便也。已离畏者，一切五欲皆无能为也。结习未尽，花着身耳。结习尽者，花不着也。"

这也是非关格调，而是性灵。佛家虽然讲究酒、色、财、气四大皆空，我却觉得，喝酒到极处可达佛家境界，试问，若能忍把浮名换作浅酌低唱，即使天女来散花也不能着身，荣辱皆忘，前尘往事化成一缕轻烟，尽成因果，不正是佛家所谓苦修深修的境界吗？

第二章

用欢喜心过生活

一个人如果要活在这个世界上，要过得开心，第一个非常重要的态度就是，

你要有不断超越的心，不断地去超越原来的自我。

用欢喜心过生活

一个人活在这个世界上，他的痛苦、失败、成功跟快乐，其实都是很类似的，但是为什么有的人活得精彩，有的人活得开心，有的人却活得痛苦，那主要是因为心的态度。心有没有经过训练是很重要的，所以一个人如果要活在这个世界上，要过得开心，第一个非常重要的态度就是，你要有不断超越的心，不断地去超越原来的自我。

超越之心：经历人生三个阶段

不久前台湾有一则新闻很有趣，有一个小孩子得到英国世界发明展的第一名，他发明了一种机器，这是什么机器？就是可以拍水果，拍西瓜或者拍凤梨（凤梨就是菠萝），一拍就可以测出水果的甜度，测出来的准确度百分之百。后来有很多人去这个小孩子的家做访问，看看这个小孩子怎么那么厉害，他出生在什么样了不起的家庭。结果去了以后发现，这个小孩子是出生在一个种凤梨的果农家庭，他爸爸是种凤梨的。他从小就看他爸爸每天测凤梨甜度，怎么测？用手指弹，如果是有汁肉的声音，那个凤梨就是甜的；如果是鼓的声音，凤梨是酸的；如果是砰砰响的声音，这个凤梨是不能吃的。这个爸爸每天要弹三万个凤梨，弹到后来，这个爸爸的中指比一般人长一节，这个小孩子每天都在旁边看他爸爸弹凤梨，心里就很感慨，为什么没有一种机器可以代替爸爸的手指，一弹就知道这个凤梨有多甜，于是他就立志将来一定要发明这种机器，他每天做研究，到高中的时候他发明了这样的机器，结果得到英国发明展的第一名。很多外国的大学提供奖学金请他去念书，就是因为他发明了这样一个机器。看到这样的新闻使我感动，就是因为这个小孩子从小就想超越自我，为什么要超越自我？因为人活在这个世界上，人就是动物的一种，人有动物的习气，一开始人追求的就是物质、世俗的享受，这种物质跟世俗的享受并没有什么错误，因为凡是人就会不断地追求。

但是过了一段时间以后你会发现，这些并不能带给你真正的快乐，这个时候你就会进入第二个层次，这第二个层次就是对文明跟文化的追求。讲到的是动物的一种，我们可以来举一个例子。我有一个朋友是台湾非常有名的画家，名叫吴炫三，有一天我去找他，走进他家的花园，看到里面有一只非常巨大的乌龟，这只乌龟有几百斤重，很漂亮，背上长满了星星，我就问他："你这乌龟怎么那么漂亮，是哪里来的？"他说："这只乌龟是我从巴西带回来的。"原来他去巴西开画展的时候看到这只乌龟很漂亮，他就立志要把这只乌龟带回台湾。可是乌龟没有办法坐飞机，因为太巨大，只能坐船，从巴西把一只乌龟运回台湾要三个月的时间，没关系，他就做了一个柜子把这只乌龟装进去，然后用货柜装上轮船把它运回台湾。他想：这一路上乌龟一定会死掉，因为没有吃没有喝也没有阳光，忽然转念一想死了就算了，因为我喜欢乌龟的壳，不是喜欢它的肉。三个月以后乌龟运到了，他就到港口去接这只乌龟，把货柜打开，将柜子拉出来，然后打开柜子的门，想象不到的事情发生了。突然有一个乌龟的头从这个笼子里面伸出来，脸上带着神秘的微笑，他被吓一大跳，乌龟不吃不喝、没有阳光，三个月还活着，还带着微笑。所以以后大家注意，凡是面带微笑的动物都活得很长久，乌龟、海豚、鲸鱼、大象、白鹤，这些动物脸上都带着微笑；凡是脸上很凶恶的，大概活的时间都不会很长，狮子、老虎、豹子、豺狼都是脸很难看的动物。既然这只乌龟还活着，就把它养下来吧！他就带回家养，我就问他这只乌龟好不好养，他说："很好养！每天早上吃两根香蕉，晚上吃两根香蕉就够了。"太漂亮了，我很想跟这只乌龟拍一张照片，那天忘了带相机。我就跟我的朋友讲，我两个星期以后来跟他的乌龟合影。

两个星期以后我去找我的朋友，进去以后我发现乌龟已经不在了。抬头一看乌龟在他的书桌上，肉已经不见了，只剩下一个壳，三个月不吃不喝还活着的乌龟，为什么两个多礼拜就死掉了？我就问他，他说："你上次走了以后我要去高雄开画展，于是想到这只乌龟没有人养，就买了两串香蕉，把乌龟叫过来说：'我要去高雄开画展了，两个星期后才会回来。你每天早上吃两根香蕉，下午吃两根香蕉，知道吗？'"这乌龟一直跟他点头，脸上还带着神秘的微笑。他就确定这只乌龟已经听懂了，就去开画展了。回来以后乌龟死掉了，香蕉也不见了，找兽医来解剖，一剖开，这只乌龟满肚子香蕉，死掉了。原来要让它两个星期吃掉的香蕉，它一天就全部吃光了。好可惜，我没办法跟它合照了。我就跟那只乌龟的壳合照了一张照片，我在这个照片后面题了一首诗："巴西乌龟美风仪，三月不食飞万里。一日贪吃两串蕉，独留空壳向风鸣。"

所以乌龟是动物，人也是动物，人如果不节制，欲望就跟这只乌龟一样得不到满足。一个人应该想到，欲望的满足是非常短暂的，而且欲望是永远不能满足的。根据科学家的研究，一个人欲望得到的满足有多短暂，假设你把你的舌头拉长，从舌尖到你的喉管一共是十五厘米， 所有食物的满足就在这十五厘米，吞下去都一样。你吃一桌一万块的酒席，跟吃一个五块钱的馒头都是一样的，第二天去检查一下，出来的味道跟颜色都一样。但是很多人为了满足这十五厘米，花了很多的力气，那如果有的人有十七厘米，满足这十七厘米，那种叫作长舌妇或者长舌公，拉开来、吞下去都一样。为了这么短暂的满足而花了太多的时间跟精力，实在是不值得的。这个时候这个人就会走进人生的第二个阶段，这第二个阶段就是文明的、文化的满足。

譬如说你有了一间房子，你会希望挂几幅画，装一台音响，装一台电视，陶冶你的身心。你有一座城市，你希望盖一座图书馆，盖一个公园，这是满足你的文化跟文明的需求。到了文化跟文明满足之后，马上会陷入一个问题，就是即使你有最好的文明跟艺术的修养，你也不能对抗人生真正的痛苦。人生真正的痛苦是什么？如果依佛教的说法就是八种痛苦：爱别离、怨憎会、求不得、烦恼炽盛、生、老、病、死。活着本身就是一种痛苦，老化是一种痛苦，生病是一种痛苦，死亡是一种痛苦，接下来是相爱的人一定会别离，然后讨厌的人偏偏碰在一起，这个叫怨憎会。烦恼炽盛就是虽然天下太平，没有什么事情，可是坐下来，烦恼就像火一样燃烧着我们的心，所求不得就是你签的号码永远开不出来，所以说所求不得，你要求的都求不到。

这种痛苦是即使拥有最好的文明跟艺术修养的人都不能克服的，于是这样的人就会走向人生的第三个层次。这第三个层次就是灵性的层次、宗教的层次、精神的层次。我们都读过《论语》。孔子有一个学生叫颜回，颜回住在很简陋的巷子里。孔子说："回也居陋巷，一箪食，一瓢饮，人不堪其忧，回也不改其乐。"颜回住在很简陋的巷子，每天吃一点点稀饭，喝一点点水，人们都觉得这样是很痛苦的事情，可是颜回却过得很快乐，为什么？因为他的内在里有一种宗教的、灵性的、精神的满足，而这种满足使他可以超越物质的限制，这种超越的心是很重要的，一个人如果没有超越的心，他就不会有新的发展。

像我在小学三年级的时候，就立志要成为一名作家。当时在我居住的环境里面，没有人知道我有一天会变成作家，甚至没有人相信我会变成作家，因为我住的地方，从来没有人知道作家是干什么的。我刚才讲我们家有很多小孩，我爸爸怕认不出我们，所以每个礼拜都会召集我们见面，因为有时候在路上真的会认不得。有一天我放学的时候，看到我爸爸，我一直跟他微笑打招呼，他走过来跟我说："你是谁的孩子，怎么那么面熟？"要养那么多孩子是很辛苦的事情，没有时间跟孩子见面。我说："我是你的孩子。"他说："你骗谁啊？"他就不理我走掉了，回到家里看到我坐在家里，他吓一大跳，原来是他自己的孩子。所以他就每个星期召集我们见面，有一天他问我："十二啊，"他也不记名字，因为名字也很难记，都记号码，"十二，你长大以后要干什么？"我说："我长大以后要当作家。"他就问我："作

如果你可以活在那个非常小的时间单位里，

你就可以每一刻都活得很饱满、很有力量。

快乐地活在当下，尽心即是完美。

家是干什么的？”我就说作家就是坐下来，字写一写寄出去，人家钱就会寄来。我父亲听了很不开心，当场给我一巴掌：“傻孩子，这个世界上如果有那么好的事情，我自己就先去干了，怎么轮得到你。”那时候的大人都不相信我会变成一名作家。可是因为我的内心里面，一直希望我可以不断地超越自己，不断地去追求，所以我在很年轻的时候，我三十岁的时候，就已经在台湾被认为是非常成功的人。三十岁的时候，我在台湾一家非常大的报社当总编辑，还在一个电视台主持节目，然后得遍所有台湾重要的文学奖。因为所谓的成功就是，变成一个有名的、有钱的、有影响力的人，但你变成那样子之后，大家就说你成功，可是成功应该带来更大的快乐跟更大的满足。但是那时候我的快乐跟满足并没有很大，还每天很烦恼、工作很辛苦，就很头痛，到底什么才是最后的安顿的地方呢？有一天我在报馆里面看大样的时候，拉开抽屉看到一本书，这本书是印度哲学里面非常重要的一本书，叫作《奥义书》。打开这本《奥义书》，就翻到一页，上面这样写着：一个人到了三十岁要把全部的时间用来觉悟。看了吓一跳，那一年我正好三十岁。再翻过去更恐怖，那一页写着：一个人到了三十岁，如果没有把全部的时间用来觉悟，就是一步一步走向死亡的道路。看了全身发抖，没有把全部的时间用来觉悟就是走向死亡，那时候我觉得自己一点都没有觉悟，所以就开始觉悟，就走进佛教的世界。放弃了一切，在山里面闭关三年，闭关三年才下山。后来我研究印度哲学才发现上当了，为什么《奥义书》里会这样写？因为那个年代印度人平均寿命只有三十九岁，三十岁已经很危险了，三十岁已经是面临死亡了，可以觉悟。什么叫作觉悟？觉很简单，觉就是学习来看见。什么叫作悟呢？悟左边是心右边是吾，我的心叫作悟，所以觉悟就是学习来看见我的心。那人生不断地往上追求，并不是说你追求一个特别的境界，而是向外追求那个更高的灵性，向内探索自己内在的思维，从探索你内在最深的部分来跟这个灵性相应，这才是真正的好的追求。

有一个伟大的思想家叫胡适，胡适说，如果你要做学问，为学当如金字塔，要能广大要能高，就是你的学问要像金字塔一样，要很广大要很高。那我把它改了一个字——为人当如金字塔，要能广大要能高。你做一个人就好像一座金字塔一样，第一层是物质的、欲望的，第二层是文化的、文明的，第三层是精神灵性的、宗教的。当一个人具备了这三种东西以后，我们才可以说这是一个完整的人，这个就是超越的心，不断地去追求那个灵性的更高的境界。当你站在灵性的高境界看起来，人生的挫折跟困顿，很简单就化解了。

承担之心：就是活在当下

我记得我在读佛经的时候看到一段故事：释迦牟尼佛有一天在跟弟子讲课时，他拿了一个钵，钵里面装满了水，他拿一块石头丢进这个钵里面，钵里的水就满出来了。他就跟弟子讲，说我们生命里面所碰到的烦恼跟困境，就像这块石头一样，丢在钵里，水一定会满出来。请问，有什么可以让水不满出来的方法？弟子绞尽脑汁都没想出来，这个时候释迦牟尼佛说："最好的办法，就是换一个更大的容器。"如果你这个钵更大，同样的一块石头丢进去，水就不会满出来。如果你造了一艘很大的船，那不管多少石头你都载得动，不但你可以载自己的石头，还可以载别人的石头，安然地航向彼岸。所以佛教思想里面有一个很重要的思想，就是彼岸的思想，航到对岸的思想。并不是真的在一个特别的地方有一个彼岸，而是航向一个更高的生命的、灵性的境界。如果你造的船够大，你就可以包容生命里的负面情境，这是欢喜心过生活的第一个方法，就是不断地保持超越的心，超越以后你的心就打开了，当然打开以后，每一天的生活还是会面临同样的问题。

所以欢喜心过生活的第二个方法就是承担的心，承担的心就是活在眼前的心。在禅宗里面有很多重要的语言，当我讲到禅宗，很多人就想禅宗好像很深奥，其实禅宗并没有那么深奥，禅左边是“表示”的“示”，右边是“单纯”的“单”，所以单纯的心就是禅。如果你在生活里面，你的心单纯了你就有禅；你在佛堂里面，你的心单纯了你就有禅；如果你的心混乱了，即使在佛堂里你也不能单纯。我们举一个例子来讲单纯的心。有一天我走进一个寺庙去礼佛，走进去的时候，看到已经有一个妈妈在那里拜佛，拜得非常虔诚。我看了很感动，因为虔诚礼佛的人，脸上的光辉就跟案头上的菩萨是一样的，先不要拜，我先来看看这个妈妈虔诚的样子。我就站在旁边看那个妈妈在那里拜佛，正在感动的时候，一个小孩子从庙外面冲进来，站在妈妈的后面喊：“妈！”这个妈妈还是继续拜佛，心好定，可是这个小孩子更大声：“妈！”妈妈还继续拜。“妈，我在叫你，你有听到吗？”这个妈妈突然转过头来，马上从菩萨变成天王，脸变得很凶。“没有看到我在拜佛吗，叫我干吗？”这个小孩子就说：“有没有十块钱给我买冰？”原来外面有人卖冰，他要拿十块钱去买冰。妈妈听了更生气：“你要吃冰，等我拜完佛再吃会死吗？竟然把我从拜佛这么庄严的时刻里面唤醒过来。”为了要吃冰，没想到这个小孩子不但没有退缩，反而顶撞他的母亲。他说：“你等一下再拜佛，佛也不会跑掉，但是你现在不去买冰，卖冰的就要走了啦！”我听了很震撼，当然这个妈妈很生气，跳起来就要打他，这个小孩子很有经验地立刻跑出去。他可能读过《论语》，《论语》里面孔子说，如果爸爸妈妈要打你，小杖则受，

第二天的树叶也不会在今天落下来，

所以只要把今天的树叶扫干净，人生就已经很圆满了。

大杖则走。拿的棍子很小，你就给他打，没关系，如果拿的棍子很粗，你要立刻逃走，这样才是孝顺。这个小孩子跟妈妈都跑走了，我就站在佛堂里面，想到这个就是禅。妈妈如果被小孩子唤醒“给我十块钱买冰”，最好的方法就是给他十块钱去买冰，自己继续拜佛，这样你的心就不会波动。不波动的心就是定的心，定的心就是禅，就是禅宗的禅。什么样的人可以有单纯的心，就是活在眼前的这一刻，所以禅宗有很多的语言，活在当下，看脚下，活在眼前，这个都是活在眼前的这一刻。

当我讲到活在当下，很多人想问什么叫作当下。每一个人都会讲当下，但是不知道当下是什么东西，当下是佛经里面最小的时间单位。一个小时有六十分钟，一分钟有六十秒，一秒钟有六十个刹那，一个刹那有六十个当下，所以一秒钟有三千六百个当下，就是活在非常非常小的时间单位里。如果你可以活在那个非常小的时间单位里，你就可以每一刻都活得很饱满、很有力量。禅宗有一个祖师，有一天徒弟问他：“师父，请问你都怎么样修行？”他说：“我吃饭的时候吃饭，睡觉的时候睡觉，我都是这样修行的。”弟子就说：“一般人不也是一样吗？吃饭的时候吃饭，睡觉的时候睡觉，有什么不同？”这个师父就说：“一般人吃饭的时候百般需索，睡觉的时候千般计较，所以不同。吃饭的时候不会专心地吃眼前这一餐饭，都会想昨天那一餐比较好吃，或者前天那一餐更好吃，所以这一餐永远不是最好吃的。睡觉的时候都会想明天再去赚更多的钱，还有很多的会议要开、很多的工作要做，因此睡觉就睡不安稳了。”所以活在当下一个非常简单的方法，就是吃饭的时候专心地吃饭，睡觉的时候专心地睡觉，喝茶的时候专心地喝茶。为什么叫作茶禅一味？因为喝茶就可以活在眼前的一刻。我教各位一个简单的方法，从今天开始回到家里，每一次把茶拿起来喝的时候，先生起一个念头，好好地喝这杯茶吧！因为这辈子再也不可能喝到两杯一模一样的茶。你真正地进入茶的这一刻就会发现，在扬州讲坛喝的那杯茶真好喝，因为你整个身心融入了那一刻，融入了那个使你可以承担的当下。所以，禅宗很多很多的公案、很多很多的例子，都在告诉我们活在当下。

譬如，宗演禅师说：“醒来的时候要好像朝阳冲出山谷来照耀这个世界，睡觉的时候要好像死去一样，放下从前一切的忧伤。”所以端起茶杯来喝的时候，要有跟爱人会面时那么欢喜的心，喝完了茶要轻轻地放下，要有跟爱人离别时那么缠绵的心，这个在禅宗里面叫作禅心。禅存在你心里的感受叫禅心，所以活在当下是非常重要的一个方法。每一刻都努力地去追求，因此我写过两句话，我说：“快乐地活在当下，尽心即是完美。”要每一刻都尽量快乐，活在眼前这一刻，尽你的心，一切就已经完美了，为什么？因为未来绝对不会完美，这个世界绝对不会有一个完美的状态在等待着我们。

我曾经写过一个故事，这故事的题目叫作《追寻完美的老人》。有一个年轻人在二十岁的时候他就发愿，要找到这个世界上最完美的女人娶她为妻，这一发愿自己就觉得很开心。那完美的女人绝对不可能住在你家隔壁，所以你一定要出去旅行去寻找。于是他就开始去寻找，寻找了六十年，这个老先生还没有结婚，还没有找到最完美的女人，每天都在寻找。有一天在一个很遥远的异乡，碰到一群年轻人，年轻人就问他说："老先生，你在找什么？"他说："我要找一个这世界上最完美的女人娶她为妻。""你找多久了？"他说："我找了六十年了。""难道这六十年来都没有找到过一个完美的女人吗？"这老先生就哭了，说："有，三十岁那一年我找到一个世界上最完美的女人。""那你为什么不娶她为妻呢？"这老先生哭得更伤心了，因为那个女人也在寻找世界上最完美的男人要嫁给他，当然这两个人就擦肩而过了。这个世界上不会有完美的状况，如果你今天活得很好就好，谈恋爱的时候专心地谈恋爱吧，失恋的时候就专心地失恋吧，这就是活在当下。

在我很小的时候我就吸取这样的教训，我的父亲在山上有一片林场，种树为生，生活很辛苦。而我们种的树叫桃花心木，就是这个树的心里面是红色的，是做家具非常好的木材。因为桃花心木跟一般的树木不一样，一般的树木，树叶做肥料可以长得很好，桃花心木则不然，因为周围土地需要呼吸，每天都要把树叶扫干净。所以我们四点钟就要起床，要先把树叶扫干净才可以去上学，每个人一边扫一边就很生气，为什么不出生在有钱人的家里，整天在扫树叶有什么出息，心里就很难过。有一天正在扫树叶的时候，我父亲正要下田工作，看到我们扫得那么痛苦就把我们叫去："来来来，为什么扫树叶扫得那么痛苦，爸爸教你们一个简单的方法。扫树叶之前先把树摇一摇，把明天要掉下来的树叶先摇下来，两天扫一次就好。""爸，你这么好的方法怎么不早讲，到现在才讲？"这个方法真的很好。扫树叶之前先把树摇一摇，把明天会掉的树叶摇下来，我们就先去摇树叶，摇到一半就发现，摇树比扫地还累，特别是你要把第二天的树叶摇下来要花很多力气，摇到一半时已经满头大汗。不管了，把它摇完了，地扫干净了，自己坐在院子里面好开心，明天就不用扫了。正在开心的时候一阵风吹来，树叶又掉下来了，这么奇怪的事情怎么会发生？我有一个哥哥，从小就非常有智慧，他就下结论说可能摇的力气不够，明天我们更早起，比平常起得更早，两个人去摇树，最好把后天的也摇下来，最好把这一星期的树叶都摇下来，这样七天扫一次就好了。摇到后来摇死了好几棵树，但是非常奇怪的一件事情就是，即使你把树摇死，第二天的树叶也不会在今天落下来，所以只要把今天的树叶扫干净，人生就已经很圆满了。这是一个多么重要的启示啊！

活在眼前的这一刻，因为你不知道下一刻会发生什么事情。

前一阵子四川大地震，过了几个星期，我接到住在雅安的朋友传来的一个简讯，我一直以为他发生什么不幸了，结果没有，他说雅安这次损失非常轻微，只倒了一千六百栋房子，所以到现在还没有人注意到他们。你看一下，倒了一千六百栋房子但是没有人注意到这件事情，可见在四川其他的地方灾情是多么严重。那一刻来临之前没有人知道，这个世界会变成这个样子，所以佛教有一个非常重要的观念叫作无常，无常随时都可能来到。我有一个朋友有一天来找我，哭得非常伤心，我就问他为什么哭得那么伤心。他说："前不久我的姐姐过世了，所以我哭得非常伤心，哭得比我妈妈过世的时候还伤心。"我就觉得奇怪，照理说应该妈妈过世的时候哭得最伤心，姐姐过世哭得不会那么伤心。我就问他为什么，他说："因为妈妈死的时候都想到，中间还有姐姐挡着，不会那么快轮到我。现在连姐姐都过世了，马上就轮到我了。"这个就是无常，每天都非常急迫地跟在我们的后面，所以这一刻把它活得很好吧，活得很饱满吧，活得很有力量吧，如果每一刻都活得很好，未来肯定是好的，如果每一刻都活得不好，未来肯定是不好的，这是第二个方法。

转化之心：实现幸福人生

第三个很简单的方法叫作转化，转化你的人生。什么叫作转

如果每一刻都活得很好，未来肯定是好的。

化？“转”左边是车子的车，右边是专心的专，有如专心地开车。现在有的最新的车子都有定速，你可以把你的车子定速为每小时九十公里，然后也不要踩油门，放松让车子自己跑，这个叫定速。这样是很危险的事情，很容易发生事故。如果不管怎么样，你就发誓，车子一定要加足油门往前冲，那你很快就完蛋了。所以你碰到红灯的时候要停下来，该转弯的时候要转弯，这个叫作转。转就是充满着弹性的生命，转是多么重要。我刚刚一开始就讲到生命，如果你把你的人生摊开来，大部分人的人生有一半的生命是负面的情绪，另外的一半叫作正面的情绪。什么样的人可以活得更开心呢？就是不断把负面的情绪转化成正面的情绪的人，每次在悲伤痛苦的时候，很快地结束它或者减短它，然后把你快乐、幸福的那一面增长，这样你就会快乐。

在我们中国有很多的成语是在讲禅宗的修行方法，可是很少有人知道这个语言是来自禅宗，譬如说有一个成语叫作逆来顺受。“逆来顺受”一般人的解释是，不管碰到什么事情我都去承受它。其实，在禅宗里面本来不是这样子的，逆来顺受就是横逆来的时候，要用好的态度去承受它，这个叫作逆来顺受，这就是转化。另外一个禅宗的语言叫作笑里藏刀，“笑里藏刀”一般人都解释得不太好，好像说微笑的时候心里是很阴险的，其实不是这样的。禅宗一开始的“笑里藏刀”的意思是说，在微笑的时候也不失去你内心的敏锐，你的内心要一直保持像刀锋一样敏锐，因为一般的人在逆境的时候是比较敏感的，在顺境的时候是比较迟钝的。我们要把它改变过来，在顺境的时候也保持敏感，然后在逆境的时候使这个敏感降低，那么我们就可以去转化它。当然历史上伟大的人都有过转化的过程。我记得我的小孩子很小的时候，很喜欢读世界伟人传记，我问他：“你读这个世界伟人传记有什么心得？”“爸爸，我有两个很重要的心得，第一个，”他说，“爸爸，我觉得你快要伟大了！”“为什么？”他说：“根据我的统计，这个世界上的伟人有百分之九十九是秃头，你很有希望变成伟人。”真的分析来看，伟大的人大部分都是秃头的，具备了伟人的第一个条件。我就说：“第二个心得呢？”“根据我的统计，这个世界上的伟人，百分之百都遭受过比一般人更大的痛苦，所以他变得更伟大。”为什么？因为这些伟人把痛苦变成他生命的养料，转化了这种痛苦，越痛苦转化得越厉害，那么他就越伟大，他的心越开阔、越有力量来承担更大的困境。

刚刚我们讲到释迦牟尼佛，释迦牟尼佛说这个世界上有五种毒，叫作人间的五毒。什么叫作五毒呢？就是贪、嗔、痴、慢、疑。贪就是贪心，嗔就是嗔恨，痴就是愚痴，慢就是傲慢，第五个叫作怀疑。贪、嗔、痴、慢、疑是人间的五毒。那么菩萨和佛之所以跟一般人不同，我们把这个佛字写出来，就会发现“佛”这个字很有意思，左边是“人”，右边是“不是”，所以“佛”这个字简单地翻成白话就是“不是人”，“不是人”就是佛，为什么？“不是人”就是他转化了人共通的负面的习性。共通的负面习性就是贪、嗔、痴、慢、疑，把它翻转，翻转成什么？翻转成悲、智、行、愿、力。悲是慈悲的悲，智是智慧的智，行是实践、力行，愿是愿望，力是力量，把贪、嗔、痴、慢、疑转成悲、智、行、愿、力，这样的人就是佛。那中间的过程，中间非常关键的东西叫作觉，察觉到人间的五毒，愿意把它翻转成悲、智、行、愿、力，这种察觉是菩萨跟佛非常重要的一个方法。这个察觉就是转化，把你的心转化过来。为什么人的心需要转化？因为人的心如果不转化，负担是很重的，人生的负担本来就很重，如果你背着你的负面情绪前进，你的负担就会越来越重。

举例来讲，我常常教年轻人做个试验，这个试验就是回去用充满爱的心，爱是正面的情绪，充满好的态度，把你的爱人、你的女朋友或者男朋友，或者爸爸妈妈抱起来转一圈，干吗？量量他们的体重，你会发现你的太太虽然体重五十公斤，可是因为你很爱她，你转一圈发现，负担并没有那么重，这叫作举重若轻。因为你充满了爱，就举重若轻了。各位如果看欧洲和美国的电影，美国人和欧洲人结婚的第一件事情，就是把新娘抱进洞房，有时候看了很紧张，因为新娘的体重是新郎的两倍，要抱进去，为什么要抱进去？因为要考验他的爱，真的有爱就能抱进去。但结婚十年以后一定会摔下来。为什么？因为那个时候爱减轻了。这个试验的第二个部分，就是去找一块石头，五十公斤，把这块石头抱起来转一圈，你会发现你抱不动。为什么？因为石头里面没有爱。没有爱就变得沉重，有爱就变得轻巧，所以正面的情绪对人生是非常重要的。

我有三个孩子，我最小的女儿跟我感情非常好，她喜欢黏我。她小的时候，有一次我在写作的时候，发现背后挂了一个小人，一转头我问她怎么挂在这里，她就跟我说：“爸爸，我已经挂了一个多小时了。”挂了一个多小时我都没有发现，为什么？因为我很爱她，不觉得她是我的负担。如果你不爱你的孩子，孩子就会变成你的负担。你不爱你身边的人，你身边的人就会变成你的负担。所以你要不断地转化，使你的正面情绪增加，那么怎么样来转化？有一个方法，现在我们每天都会上班八个小时，或者上课八个小时，但是很少有人愿意每天花八分钟，或者八十分钟坐下来，静静地观照自己的心。转化的方法就是不管我多么忙碌，每天最少花八分钟，当然最好是八十分钟，坐下来观照我的心，使我今天所面临的困境跟烦恼都得到转化，那么第二天就可以用很好的态度来出发。在我的书桌上，我写了一幅字警醒我自己，叫作“不存隔夜之气”。不存隔夜之气，就是你今天很生气，不要把这个气放到明天，今天气完就算了，明天就得到转化。还有我喜欢写的一幅字叫作“常想一二”。为什么常想一二？因为人生不如意事十之八九，如果你常常想那“八九”，你的生命就会越来越沉重。如果你常想那一两件开心的事情，你

你跟这个世界处在一个好的关系以后，

每一件事情你都可以看到它的智慧，每一件事情你都可以进入它。

的人生负担就减轻了。

上合之心：达到天人合一

第四个方法叫作合，起承转合，合就是融入，融入这个世界。我觉得我们中国的哲学非常好，一开始人跟这个世界是对立的，慢慢地人跟这个世界和谐了，最后进入了一种状态叫作“天人合一”。天跟人合在一起，这是多么高的境界。先不要从那么高的境界来讲，人跟人可以相处就已经很好，所以一个人想获得快乐，必须有很好的人际关系，好的人际关系对你的人生很重要。你会发现这个世界上很多人得了忧郁症，最后没有办法治疗，那是因为他在一开始的时候，没有好的人际关系。

去年在大陆有一些科学家做了一个研究非常有意思，研究这个社会上所有顶尖的人，看看他们小的时候成绩是不是很好，是不是都考第一名。理论上讲，小的时候考第一名长大一定会变成了不起的人，但是研究的结果出乎意料，这些顶尖的人小的时候并不是第一名，他们都是第七名到第十七名之间。这个大家都很意外，为什么？那是因为第七名到第十七名是人际关系最好的人，他们跟前面的人不会有冲突，跟后面的人也不会有冲突，跟大家都相处得很好。所以我常开玩笑说，像我就是从小注定将来长大会成功的人。为什么？因为我小的时候，我们班上只有十七个人。人际关系很重要，如果你的人际关系好，你就比较容易成功。你的人际关系不好，你就不太容易成功。现在的小孩子很少去重视人际关系，因为我们小的时候，我们的学校都没有教，说你要对人表示好感，你要怎么样表达你的情感。在学校里面都没有教，所以我曾经写过一篇《学校里没有教的一百件事》的文章。学校里有很多东西没有教，但是最重要的就是人际关系没有教。

我小的时候因为生长在乡下，乡下的小孩子有一个特色就是非常害羞，很难表达自己的情感，我很小的时候就发现这是一个很大的问题，所以就常常训练自己要突破这种困境。乡下的小孩有什么特质？看到一个女生很漂亮，想要请她去喝杯咖啡，走到三十米的时候脸就红了，走到十米的时候连脚也红了，走到五米的时候连手指头都红了，全身就好像一只虾一样，一只烫熟的虾，好紧张，没有办法表达自己的情感。所以我自己发明了一串咒语，我们所有的菩萨都有咒语，像观世音菩萨的咒语叫作唵嘛呢叭咪吽，唵嘛呢叭咪吽这句很好，大家可以学起来。这句话翻成白话，就是祈求内心的莲花开放。这句用唱更好听，各位要不要听？“唵嘛呢叭咪吽……”祈求内心的莲花开放，一边唱的时候一边观想心里一朵莲花开放，你会觉得很开心很好。我记得有一次我到香港的中文大学去演讲，我就讲到佛教思想，讲到观世音菩萨的咒语，唱得很好听，很多学生听了很感动。讲完了以后，一个香港大学的学生跑来找我说："林老师，你那个咒语很好听，可是我记不住，你可不可以写下来，我把它记下来，可不可以再讲一次，我把它记下来？"我就说："唵嘛呢叭咪吽。"我看他拿一本笔记簿，上面写了一串英文，我探头一看，上面写着：All money pay me home 。All就是所有的，Money就是钱，Pay就是付，me home就是到我家。他就说："林老师，你们佛教的咒语很好啊，我这辈子都不会忘记了。" All money pay me home，所有的钱都付到我家。当然，这是一个好笑的事情。

为什么观世音菩萨的咒语是祈求内心的莲花开放？因为在佛教里面说莲花具有五种德性。五种德性第一个就是出淤泥而不染，清净；第二个就是莲花的花瓣很细腻；第三个是莲花的梗是没有骨头的，所以非常柔软；第四个是虽然没有骨头但是风吹不断，所以莲花是非常坚强的；第五个叫作芳香，仔细地品尝莲花有很深的芳香，所以这个叫作莲花的五德。这五种德性如果具备，就跟菩萨的心一样，这是题外话。

观世音有他的咒语，我从小自己也发明了一串咒语，这咒语比唵嘛呢叭咪吽更好记，年轻人可以把它记下来，叫作林清玄的五字大明咒，这五字大明咒叫作"大家都是人"。如果你要邀请一个很漂亮的女生吃饭，或者要追求一个很帅的男生，很害羞，你就在心里默念"大家都是人"，这个时候你就不害怕了，英俊的也是人，丑的也是人，胖的也是人，瘦的也是人。当你克服了你的内在，你就可以往前跨一步，你就可以创造更好的人际关系。所以长大以后我当了记者，有十年的时间在报馆工作，每天都要去访问那些非常了不起的人，或者有权势的、有钱的人，我就在心里面默念“大家都是人”，不要害怕，这个时候就可以创造更好的人际关系。当然人际关系跟你的表现很有关系，你要懂得表达，懂得怎么样给予，懂得怎么样布施，慢慢地你的人际关系就会好。这叫作合。

我们都知道最近这几年，世界上有一个非常大的经济体形成，这个经济体叫作欧盟。欧洲变成一个很大的盟邦，这是非常了不起的事情，为什么？因为根据统计，在第二次世界大战的时候，欧洲的国跟国之间作战，英国、法国、德国这样作战，统计出来，互相杀死的人超过三千万人，当时所带来的仇恨是多么巨大，但是为什么最后他们可以变成一个盟邦？因为他们发现只有合起来才有力量，所以欧洲就变成一个很大的盟邦。如果你在几年前买了欧元，你现在就赚翻了；如果你在几年前买了美元，你就赔光了，为什么？因为欧盟势力越来越大，美国的经济越来越萎缩，所以合很重要，跟这个世界合起来。我们中国有一个文学家，写了一副对联非常好。他说，山水是大地的文章，文章是案头的山水，我们的人生跟这个世界其实是共通的。如果你懂得观察这个世界，认识这个世界，跟这个世界合一，那你就慢慢地变成一个开阔的、有智慧的人；如果你不懂得观察，你就会慢慢地跟这个世界脱离，甚至对立，变成一个痛苦的人。

我常常举例，就好像人走进一个公园，一个毫无训练的人在春天的时候走进公园，他看到的绿色只有一种，他没有办法跟这个公园融在一起；如果一个人受到很好的训练，他是一个美术老师，他走进一个公园，他就可以看到十种以上的绿色；如果这个人是一个了不起的艺术家，像毕加索或张大千走进一个公园，他可以看到一百种以上的绿色，所以他跟这个公园就可以保持一个更紧密的关系，更容易看到生命中的美好，这叫作合。当我们可以有超越的心，有承担的心，有转化的心，有融入的心，跟这个世界处在一个非常好的状态的时候，我们的欢喜心就慢慢地形成。欢喜心形成以后，我们的生活就很容易处在一个清净的、柔软的、平常的状态。当我们很年轻的时候，我们总是觉得跟这个世界格格不入，因为生命里面很多的事情常常会影响到我们，但是慢慢地……你跟这个世界处在一个好的关系以后，每一件事情你都可以看到它的智慧，每一件事情你都可以进入它。

智慧之心：让世界充满阳光

当我们讲到智慧的时候，很多人都问我，智慧有什么重要的，或者智慧跟知识有什么不同？我们来拆这个字，智慧的智上面是知识的知，下面有一个日、太阳的日，所以智慧跟知识最大的不同，就是自己可以发光的知识叫作智慧。你要自己能够发光，自己有一个太阳，就是你可以在每一个生活细节里面看到那个生活的美好、优雅，把生活里面的那种体会创造出来。所以智慧在我们佛教里面，有四个非常重要的特质，第一个叫作“妙观察智”，就是你对这个世界有一个微妙的观察，你可以看到一般人所看不到的东西。常常有人问我：“林老师，你怎么有办法写出那么多的东西？”我从小学三年级开始写作，到现在写了一百三十几部书，叠起来比屋顶还高，怎么有办法写出那么多的书，是不是每天都在绞尽脑汁？其实不是，而是每天都在微妙地观察这个世界，看到这个世界上很多别人没有看到的事情，把它记录下来，这种就是智慧，是智慧的第一个特质。所以你跟这个世界合一，你就会有智慧。第一个特质产生了妙观察智。

第二个叫作“平等性智”，你对这个世界有平等的心，平等的心很重要。譬如说，根据科学家的研究，钻石跟木炭的本质是一样的，可是为什么钻石那么有价值，木炭却那么没有价值呢？那是因为钻石大家都觉得稀有，木炭大家都不觉得稀有，就会慢慢地失去平等的心。这几年来我常常在大陆的城市，只要有空我都会去逛商场，我发现不管是在广州、上海、北京、天津，还是其他地方，在最大的城市逛商场的时候，都会发现一个很严重的问题，就是所有的衣服、包包、鞋子、手表，全部都是世界名牌，当然很多是仿冒的名牌。所以有一个朋友告诉我说，在北京背LV的皮包背得最多的就是打扫大楼的清洁工，每一个人都背

如果你懂得观察这个世界，认识这个世界，跟这个世界合一，

那你就慢慢地变成一个开阔的、有智慧的人。

一个LV。为什么这些地方全部都是卖名牌？那是因为我们觉得那是有价值的。有一次我在北京的岳秀市场问那个商店的人，可不可以找到一个没有牌子的包包或者衣服？结果走遍了整个市场竟然找不到一件。为什么？因为大家都觉得没有牌子是没有价值的，这个价值被混淆了，所以人就失去了平等的心。如果你到世界各地的国际机场就会发现这个问题更严重，所有的国际机场卖的东西全部是一样的，都是世界名牌。那些真正有价值的好的事物往往就被忽略，这个就是失去了平等心。失去平等心就是没有智慧。

我在小的时候，曾经有一个这样的体验。有一天我穿了一件自己觉得很漂亮的衣服要出门，我的妈妈就叫住我，说：“你要去哪里？”我说：“我要去嘉义看荷花。”从我的家到嘉义很远，那里有很多的荷花池，听说荷花很漂亮。她说：“荷花长得跟我们家前面那个芋头很像，你不如去看芋头得了。”我觉得我妈妈很没常识，荷花跟芋头怎么会一样。于是，跑很远到嘉义看荷花，荷花真的很美。回到家里突然想到母亲的话，我就跑到我们家种芋头的田里去看，那个芋头的叶子，真的跟荷花长得一模一样。为什么以前没有发现？这个时候发现，其实芋头的叶子也很美，跟荷花一样美，这叫作“平等性智”。你用一颗平等的心来观察这个世界，当你有这种心的时候，你跟这个世界就合一了，即使是吃着最简单、最平凡的食物，你也可以感受到那里面的美，穿着毫无牌子的衣服，你也可以感受到那种美。这个美来自你的内心，就像大陆这几年改变很大一样。我记得二十几年前我刚到北京的时候，发现北京人大多穿着中山装，全部都穿一样的衣服。去年我在北京突然想到去买一件中山装来穿吧，一直找一直找，买不到中山装，最后在一家古董店买到了。买到一件中山装，穿着在路上每个人都给我行注目礼，觉得太特殊了，竟然有一个人穿中山装在街上走。你看这个世界在改变，当你有平等心的时候，你看到的一切都是好的，所以叫作平等性智。

第三个叫作“成所做智”，就是有智慧的人跟没有智慧的人的差别，就是有智慧的人做什么事情都很容易成功，没有智慧的人做什么事情都不容易成功。就好像我们现在在鉴真图书馆这么好的一个地方，鉴真图书馆的兴建，跟台湾的星云大师有很密切的关系。星云大师是我的师父，我在十岁的时候就皈依于他了，到现在已经四十几年。他之所以伟大，就是因为他想要做什么事都会成功，做非常大的事业。全世界有四五百座寺庙，一座比一座更大，那就是因为他有智慧，要做什么都会成功。各位可能会以为星云大师很有钱，所以他要做什么都会成功。其实星云大师了不起的地方就是他的头脑里没有钱，口袋里也没有钱。我曾经写过星云大师的传记叫作《浩瀚星云》，是一本很厚的书，各位如果有机会可以在图书馆找来看。有一个真实的故事，星云大师告诉我，说有一次他从美国回台湾，途中经过香港，在香港机场的商场里面，看到一串念珠定价八十元港币。他想到台湾有一个弟子很喜欢搜集念珠，这个念珠他的弟子可能还没有，他就想买这个念珠送给他的徒弟，开始摸口袋，摸了半天发现身上一毛钱也没有。还好他有很多徒弟，在机场就碰到一弟子，说：“来……买一串念珠给我，我要送给我的另外一个弟子。”人家就买了这串念珠给他。只要八十块港币，但是他身上一毛钱都没有，他怎么能够做出这么伟大的事业？那是因为他有智慧，所以很容易做成一件事情，就好像鉴真大师一样。

为什么我跟扬州感情特别好？因为在一九九九年的时候，我到扬州的博物馆买了一幅鉴真大师的画像，挂在我的家里面，每天看到那幅画我就很感动。因为那幅画就是画鉴真大师面对着汹涌的大海，正要东渡日本的时候。为什么他可以做出这么伟大的事业？那是因为他是一个有智慧的人。

第四个叫作“大圆镜智”，对一个有智慧的人来讲，他的心就像一面很圆很大的镜子一样，照耀着这个世界，跟这个世界合在一起。镜子的特质并不是说把粪便照成玫瑰花，而是粪便就呈现粪便的样子，玫瑰花就呈现玫瑰花的样子，可以照出那个事物的真相。因为可以照出事物的真相，所以可以跟这个世界融合为一。具备这四种智慧的人，就可以进入天人合一的境界。要妙观察智、要平等心、要成所做、要大圆镜，变成一个有智慧的人。慧上面是树、草，下面是心，心里不断保持着青翠，保持着生机，保持着活泼的力量，这样的人才拥有智慧。这个世界当然是越来越混乱，越来越污浊，越来越不如我们所期待的那样，但是如果你可以用一些方法，使自己在内在里一直保持一个很好的态度来面对这个世界，不管世界变成什么样，你都会有一个很好的态度来看它，你就会不断地增长你的智慧。

我觉得非常非常好的一件事情，就是在我三十岁的时候碰到了佛教，三十岁的时候开始觉醒，发现佛教里面有非常深的智慧，开始进入了佛教的世界。当我进入了佛教的世界以后，就好像走进一个人生的秘密花园，整个世界豁然开朗，使我对人生有完全不同的体会。这种体会是在世俗之间，进入了一种超脱的状态。在混浊的世间，你可以看到事物的真相，所以我有两句话写在我的案头，上面写着：在红尘中有独处的心，在独处时有红尘的怀抱。一个人在红尘里面生活要常常超越出来，去看到更高的境界，去追寻更高的境界。那么在独处的时候，也要常常看到苦难的世间跟红尘的众生，我希望跟大家一起成长，走向一种更好的状态。佛教里面有很多了不起的菩萨或者佛，什么叫作菩萨？在梵语里面叫作菩提萨埵，菩提萨埵就是觉悟得有情。一个普通的人开始觉悟，那个人就叫作菩提萨埵，就是菩萨。然后一阶一阶往前进，觉悟到最高的境界叫作Buddha，Buddha就是佛，就是彻底觉悟的人。所以佛跟菩萨并不存在另外的空间或者另外的世界，而是以人作为基础，进入人间的佛教，使自己不断地

所谓美好的心灵，就是能体贴万物的心，能温柔地对待一草一木的心灵。

觉悟，进入一个更高的境界，最后达到彻底的觉悟。彻底的觉悟就没有什么可以使我烦恼，没有什么可以捆绑我，那我就可以每天都过着充满力量、充满快乐、充满期待的一天。这样你的人生就可以一直往前走，走到人生的最后一刻，即使在生命的最后一刻，都保持着向前的姿势。这个姿势都要向前，因为如果你没有保持向前的姿势，你从三十岁开始人生就走下坡，生命就充满了悲情。要常常提醒自己不断地往前走，为什么？因为将来还有更好的世界，将来还有更好的时间等待着我们。

半梦半醒之间

去买闹钟的时候，钟表店的老板建议我买一种“懒人闹钟”。

“什么是懒人闹钟呢？”

“懒人闹钟是为懒人而设计的，一般的闹钟响时只有一种声音，懒人闹钟响的时候，节奏由慢而快，由缓而急，到最后会闹得人吃不消；一般闹钟一按就停，懒人闹钟按了不会停，每隔五分钟它就会再响起来，除非把总开关关掉。”老板边说边从橱柜中取出一具体积很小的电子钟，示范给我看。

“什么样的人会买这种懒人闹钟呢？”

“一般人都会买呀！因为大家对自己都不是绝对有信心的，特别是冬天的清晨要起床真不容易。”

“可是，如果他起来把总开关关掉，这闹钟还是没有作用。”

“对呀！对于真正的懒人，再好的闹钟也没有用，闹钟是给那些介于半梦半醒之间的人使用的。”

与我一向熟识的钟表行老板，讲出这么有哲理的话，令我颇为惊异，于是我接着问：“什么是半梦半醒之间呢？”

老板说：“一个人刚被闹钟唤醒的时候，就处在半梦半醒之间，如果一听到闹钟响，立刻能处在清醒的状态，这种人在佛教里叫作‘慧根’，如果闹钟怎样叫也叫不醒，甚至爬起来把总开关关掉，这种人叫‘钝根’。一般人既不是慧根，也不是钝根，而是‘凡根’。所谓凡根，是会清醒、会迷失，会升华、会堕落；是听到闹钟响时，徘徊挣扎在半梦半醒之间。对这样的人，一个好闹钟才是有帮助的。在半梦半醒之间的人，是比较易于再入梦，不易于醒来的，这时需要一再的叮咛、嘱咐、催促，懒人闹钟在这时就能发挥它的效用。”

真没想到钟表行老板是一个哲学家，最后我就买了一个懒人闹钟回家，每天清晨闹钟响的时候，我总是想起老板所说的话，口念阿弥陀佛，立刻跃起，关掉闹钟的总开关，开始一天的工作，因为我希望做一个有“慧根”的人。

过了一阵子，我买的懒人闹钟竟坏掉了，拿去检修，查出来的原因是，由于太久没有让它“闹”，最后这闹钟竟不会闹了。

老板说："电子的东西就是这样，你没有机会让它叫，过一阵子它就不会叫了。"

回家的路上，我想到，如果依"慧根、钝根、凡根"来推论，一个有慧根的觉醒者，长久不让妄想、执着有出头来闹的机会，最后就会连无明习气都不会叫了。

其实，"凡心"与"佛心"并无差别，凡心是迷梦未醒心，佛心是长睡中悠悠醒来的心；凡心是未开的花苞，佛心是已开的花朵。未开者是花，已开者也是花，只不过已开的花有美丽的色彩、有动人的香气、能展现春天的消息罢了。

我们既没有慧根能彻底地觉醒，但我们也不是完全迷梦的钝根，我们一般人都是介于梦与醒的边缘，都是在半梦半醒之间，就在此时此地的生活里。我们不全是活在泥泞污秽的大地，在某些时刻，我们的心也会飞翔到有晴空丽日、有彩虹朝霞的境界，偶尔我们也会有草地一般柔美、月亮一样光华、星辰一样闪烁的时刻，有一种清明的态度来看待生命。

那种感觉，就像清晨被闹钟从睡梦中唤醒。

可惜复可叹的是，当闹钟响过之后，我们很快会被红尘烟波所淹没，又沦入了梦中。

醒是好的，但醒不能离开梦而独存；觉是好的，但觉也不能离开迷惘而起悟。

生活中本就有梦与醒、迷与觉的两面，人在其中彷徨、挣扎、奋斗、追求，才使生命的意义、永恒的价值在历程中熠熠生辉，这正是为什么达摩祖师会写下如此动人的偈语：

亦不睹恶而生嫌
亦不观善而勤措
亦不舍智而近愚
亦不抛迷而就悟

人生的不圆满并不可怕，人投生到有缺憾的娑婆世界也不可怕，怕的是永远迷途而不觉，永堕沉梦而不惊；怕的是在心灵中没有一个闹钟，随时把我们从无明、习气、妄想、执着中叫醒。

我们从睡梦中醒来的时候，向人们宣说梦境，《般若经》说这是“梦中说梦”，因为人生就是一个大梦，睡眠中的梦固是虚假不实，人所走过的生命何处能寻找真切的足迹呢？《入楞伽经》中，佛说：“诸凡夫痴心执着，堕于邪见，以不能知但是自心虚妄见故。是故我说一切诸法如梦如幻，无有实体。”——一切诸法无有实体，如梦如幻，梦幻本空，悉无所有，凡夫执着于我，所以沉沦于生死大海中轮转不已，迷梦也就无法终止。

梦中还有梦在，这是生命的遗憾，而觉中还有觉在，则是生命的幸运。

觉，是菩提之意，是对烦恼的侵害可以察觉，对无明昏暗能明朗了知，心性远离妄想，而能照能用，做自己的主宰。

幻化如花，花果飘零之后，另外的花从哪里开呢？

梦境如流，河水流过之后，新的河水由何处流来呢？

《圆觉经》里说：“一切众生种种幻化，皆生如来圆觉妙心，犹如空华，从空而有，幻华虽灭，空性不坏，众生幻心，还依幻灭，诸幻尽灭，觉心不动。”

在落花的根部、在流水的源头，有一个充满生机、清明的地方，只要我们寻根溯源，就能在那里歇息了。

善男子！善女人！在半梦半醒之间，让我们听着心的闹钟吧！一跃而起，走向清净、庄严、究竟之路。

万物的心

每次走到风景优美、绿草如茵、繁花满树的地方，我都会在内心生起一种感恩的心情，感恩这世界如此优美、如此青翠、如此繁华。

我常觉得，所谓“风水好”，就是空气清新、水质清澈的所在。

所谓“有福报”，就是住在植物青翠、花树繁华的所在。

所谓美好的心灵，就是能体贴万物的心，能温柔地对待一草一木的心灵。

我们眼见一株草长得青翠、一朵花开得缤纷，这都是非常不易的，要有好风水、好福报，受到美好心灵的照护，唯有体会到一花一草都象征了万物的心，我们才能体会禅师所说的“青青翠

一切有都不是真有，而是等待因缘才有。

我们所眼见的万象，看起来如此澄美幽静，其实有着非常努力的内在世界。

竹皆是法身，郁郁黄花无非般若”的真意——每一株里都宝藏佛的法身，每一朵黄花里都开满了智慧呀！

我们所眼见的万象，看起来如此澄美幽静，其实有着非常努力的内在世界，每一株植物的根都忙着从地里吸收养料与水分，茎忙着输送与流通，叶子在进行光合作用，整株植物的每一个细胞都在大口地呼吸——其实，树是非常忙的，这种欣欣向荣正是禅宗所说的“森罗万象许峥嵘”的意思。

树木为了生命的美好而欣欣向荣，想要在好风好水中生活，建立生命的福报的人，是不是也要为迈向生命的美好境界而努力向前呢？

平静的树都能唤起我们的感恩之心，何况是翩翩的彩蝶、凌空的飞鸟，以及那些相约而再来的人呢？

莲花汤匙

洗茶碟的时候，不小心打碎了一根清朝的古董汤匙，心疼了好一阵子，仿佛是心里某一个角落跌碎了一般。

那根汤匙是有一次在金门一家古董店找到的。那一次我们在山外的招待所，与招待我们的军官聊到古董，他说在金城有一家特别大的古董店，是由一位小学校长经营的，一定可以找到我想要的东西。

夜里九点多，我们坐军官的吉普车到金城去。金门到了晚上全面宵禁，整座城完全漆黑了，商店与民家偶尔有一盏烛光的电灯。由于地上的沉默与黑暗，更感觉到天上的明星与夜色有着晶莹的光明，天空是很美很美的灰蓝色。

到古董店时，“校长”正与几位朋友喝茶。院子里堆放着石磨、石槽、秤锤。房子里十分明亮，与外边的漆黑有着强烈的对比。

就像一般的古董店一样，名贵的古董都被收在玻璃柜子里，每日整理、擦拭。第二级的古董则在柜子上排成一排。我在那些摆着的名贵陶瓷、银器、铜器前绕了一圈，没见到我要的东西。后来“校长”带我到西厢去看，那些不是古董而是民间艺术品，因为没有整理，显得十分凌乱。

最后，我们到东厢去，“校长”说：“这一间是还没有整理的东西，你慢慢看。”他大概已经嗅出我是不会买名贵古董的人，不再为我解说，到大厅里继续和朋友喝茶了。

这样，正合了我的意思，我便慢慢地在昏黄的灯光下寻索检视那些灰尘满布的老东西。我找到两个开着粉红色菊花的明式瓷碗，两个民初的粗陶大碗，一长串从前的渔民用来捕鱼的渔网陶坠。蹲得脚酸，正准备离去时，看到地上的角落开着一朵粉红色的莲花。

拾起莲花，原来是一根汤匙，茎叶从匙把伸出去，在匙心开了一朵粉红色的莲花。卖古董的人说：“是从前富贵人家喝莲子汤用的。”

买古董时有一个方法，就是挑到最喜欢的东西要不动声色、毫不在乎。结果，汤匙以五十元就买到了。

我非常喜欢那根莲花汤匙，在黑夜里赶车回山外的路上，感觉到金门的晚上真美，就好像一朵粉红色的莲花开在汤匙上。

回来，舍不得把汤匙收起来，经常拿出来用。每次用的时候就会想起，一百多年前或者曾有位穿绣花鞋、戴簪珠花的少女在夏日的窗前迎风喝冰镇莲子汤，不禁感到时空的茫然。小小如一根汤匙，可能就流转过百年的时间，走过千百里空间，被许多不同的人使用，这算不算是一种轮回呢？如果依情缘来说，说不定在某一个前世我就用过这根汤匙，否则，怎么会千里迢迢跑到金门，而在最偏僻的角落与它相会呢？这样一想，使我怅然。

现在它竟落地成为七片。我把它们一一拾起，端视着不知道要不要把碎片收藏起来。对于一根汤匙，一旦碎了就一点用处也没有了，就好像爱情一样，破碎便难以缝补，但是，曾经宝爱的东西总会有一点不舍的心情。

我想到，在从前的岁月里，不知道打破过多少汤匙，却从来没有像这一次，使我为汤匙而叹息。其实，所有的汤匙本来都是一块泥土，在它被匠人烧成的那一天就注定有一天会被打碎。我的伤感，只不过是它正好在我的手里被打碎，而它正好画了一朵很美的莲花，正好又是一个古董罢了。

这个世界的一切事物都只不过是偶然。一撮泥土偶然被选取，偶然被烧成，偶然被我得到，偶然地被打碎……在偶然之中，我们有时误以为是自己做主，其实是无自性的，在时空中偶然地生灭。

在偶然中，没有破与立的问题。我们总以为立是好的，破是坏的，其实不是这样的。以古董为例，如果全世界的古董都不会破，古董终将一文不值；以花为例，如果所有的花都不会凋谢，那么花还会有什么价值呢？如果爱情都能不变，我们将不能珍惜爱情；如果人都不会死，我们必无法体会出生存的意义。然而也不能因为破立无端，就故意求破。大慧宗杲曾说：“若要径截理会，需得这一念子嚗地一破，方了得生死，方名悟入。然切不可存心待破。若存心破处，则永劫无有破时。但将妄想颠倒的心、思量分别的心、好生恶死的心、知见解会的心、欣静厌闹的心，一时按下。”

大慧说的是悟道的破，是要人回到主体的直观，在生活里不也是这样吗？一根汤匙，我们明知它会破，却不能存心待破，而是在未破之时真心地珍惜它，在破的时候去看清：“呀，原来汤匙是泥土做的。”

这样我们便能知道僧肇所说的：“不动真际为诸法立处。非离真而立处，立处即真也。然则道远乎哉？触事而真。圣远乎哉？体之即神。”（一个不动的真实才是诸法站立的地方。不是离开真实另有站立之处，而是每一个站立的地方都是真实的。每一个接触的事物都有真实，道哪里远呢？每有体验之际就有觉意，圣哪里遥远呀？）

我珍爱一根汤匙，是由于它是古董，又画了一朵我最喜欢的莲花，才使我因为心疼而失去真实的观察。如果回到因缘，僧肇也说得很好。他说：“物从因缘故不有，缘起故不无，寻理即其然矣。所以然者，夫有若真有，有自常有，岂待缘而后有哉？譬彼真无，无自常无，岂待缘而后无也。若有不自有，待缘而后有者，故知有非真有。有非真有，虽有不可谓之有矣。”

一根莲花汤匙，若从因缘来看，不是真实的有，可是在缘起的那一刻又不是无的。一切有都不是真有，而是等待因缘才有，犹如一撮泥土成为一根汤匙需要许多因缘；一切无也不是真的无，就像一根汤匙破了，我们的记忆中它还是有的。

我们的情感，乃至于生命，也和一根汤匙没有两样，“捏一块泥，塑一个我”，我原是宇宙间的一把客尘，在某一个偶然中，被塑成生命，有知、情、意，看起来是有的、是独立的，但缘起缘灭，终又要湮灭于大地。我有时候长夜坐着，看看四周的东西，在我面前的是一张清朝的桌子，我用来泡茶的壶是民初的，每一样都活得比我还久，就连架子上我在海边拾来的石头，是两亿七千万年前就存在于这个世界了。这样想时，就会悚然而惊，思及“世间无常，国土危脆”，感到人的生命是多么薄脆。

在因缘的无常里，在危脆的生命中，最能使我们坦然活着的，就是马祖道一说的“平常心”了。在行住坐卧、应机接物时都有平常心，知道“月影有若干，真月无若干；诸源水有若干，水性无若干；森罗万象有若干，虚空无若干；说道理有若干，无

这个世界的一切事物都只不过是偶然。

碍慧无若干”。（马祖语）找到真月，知道月的影子再多也是虚幻，看见水性，则一切水源都是源头活水……

三祖僧璨说：“莫逐有缘，勿住空忍。一种平怀，泯然自尽。”这“一种平怀”说得真好。以一种平坦的怀抱来生活，来观照，那生命的一切烦恼与忧伤自然就灭去了。

我把莲花汤匙的破片丢入垃圾桶，让它回到它来的地方。这时，我闻到了院子里的含笑花很香很香，一阵一阵，四散飞扬。

把烦恼写在沙滩上

有一个中年人，年轻时追求的家庭事业都有了基础，但是却觉得生命空虚，感到彷徨而无奈，而且这种情况日渐严重，到后来不得不去看医生。

医生听完了他的陈述，说："我开几个处方给你试试！"于是开了四帖药放在药袋里，对他说："你明天九点以前独自到海边去，不要带报纸杂志，不要听广播，到了海边，分别在上午九点、中午十二点、下午三点和下午五点，依序各服用一帖药，你的病就可以治愈了。"

那个中年人半信半疑，但第二天还是依照医生的嘱咐来到海边，一走近海，尤其是清晨，看到广阔的海，心情为之清朗。

九点整，他打开第一帖药服用，里面没有药，只写了两个字

“谛听”。他真的坐下来，谛听风的声音、海浪的声音，甚至听到自己心跳的节拍与大自然的节奏合在一起。他已经很多年没有如此安静地坐下来听，因此感到身心都得到了清洗。

到了中午，他打开第二个处方，上面写着“回忆”两字。他开始从谛听外界的声音转回来，回想起自己从童年到少年的无忧快乐，想到青年时期创业的艰难，想到父母的慈爱，兄弟朋友的友谊，生命的力量与热情重新从他的内心燃烧起来。

下午三点，他打开第三帖药，上面写着“检讨你的动机”。他仔细地想起早年创业的时候，是为了服务人群、热诚地工作，等到事业有成了，则只顾赚钱，失去了经营事业的喜悦，为了自身利益，则失去了对别人的关怀，想到这时，他已深有所悟。

到了黄昏的时候，他打开最后的处方，上面写着“把烦恼写在沙滩上”。他走到离海最近的沙滩，写下“烦恼”两个字，海浪立即淹没了他的“烦恼”，洗得沙滩一片平坦。

当这个中年人走在回家的路上时，再度恢复了生命的活力，他的空虚与彷徨也就治愈了。

这个故事是有一次深研禅学的郑石岩先生谈起的关于高登（Arthur Gordon）亲身体验的故事。我一直很喜欢这个故事，因为它在本质上有许多与禅相近的东西。

“谛听”就是“观照”，是专心地听闻外在的声音，其实，“谛听”就是“观世音”，观世音虽是菩萨的名字，但人人都具有观世音的本质，只要肯谛听，观世音的本质就会被开发出来。

“回忆”就是“静虑”，是禅最原始的意涵，也是反观自心的初步功夫。观世音菩萨有另一个名号叫“观自在”，一个人若不能清楚自己成长的历程，如何能观自在呢？

“检讨你的动机”，动机就是身口意的“意”，在佛教里叫作“初发”，意即“初发的心”。一个人如果能时时把握初心，主掌意念，就能随心所欲不逾矩了。

“把烦恼写在沙滩上”，这是禅者的关键，就是“放下”，我们的烦恼来自执着，其实执着像是写在沙滩上的字，海水一冲就流走了，缘起性空才是一切的实相，能看到这一层，放下就没有什么难的了。

禅并没有一定的形式与面貌，在用世的许多东西，都具有禅的一些特质，禅自然也不离开生活，如何深入于生活中得到崭新的悟，并有全生命的投入，这是禅的风味。

有一个禅宗的故事这样说，一位禅师与弟子外出，看到狐狸在追兔子。

“依据古代的传说，大部分清醒的兔子可以逃离狐狸，这一只也可以。”师父说。

“不可能！”弟子回答，“狐狸跑得比兔子快！”

“但兔子将可避开狐狸！”师父仍然坚持己见。

“师父，您为什么如此肯定呢？”

“因为，狐狸是在追它的晚餐，兔子是在逃命！”师父说。

可叹息的是，大部分人过日子都像狐狸追兔子，以致到了中年，筋疲力尽就放弃自己的晚餐，纵使有些人追到了晚餐，也会觉得花那么大的代价，才追到一只兔子而感到懊丧。修行者的态度应该不是狐狸追兔子，而是兔子逃命，只有投入全副身心，向前奔驰飞跃，否则一个不留神，就会丧于狐口了。

在生命的“点”和“点”间，快如迅雷，没有一点空隙，甚至容不下思考，就犹如兔子奔越逃命一样，我每想起这个禅的故事，就想到：兔子假如能逃过狐口，在喘息的时候，一定能见及生命的真意吧！

与太阳赛跑

我读小学三年级的时候，有一天放学回家，看到天边的夕阳正要沉落，晚霞一道一道地从山谷升起。

“我要和太阳赛跑，要在太阳没有下山以前跑回家。”我心里有一个声音说。

然后，我拔腿狂奔，一刻也不停歇地跑回老家的三合院。我站在大厅的红门外时，夕阳还露出最后的一角，迷离的光影映着红门上的狮头铜扣。

我安静地站在厅前，看夕阳一点一点地沉到山的背面，心里涨满了感动，跑进厨房对正在生火烧饭的母亲说：“我跑赢太阳了，我跑赢太阳了。”

接下来，我的小学时代几乎都是在与太阳赛跑，在夕阳未落

我，宁与微笑的自己做拍档，不要与烦恼的自己同住。

前返家，欣赏着蕉园上那绝美的落日。我对生命的美感就是从那时有的，我觉得如果不比时间跑快一步，就没有空间，也没有心情享受落日的美景了。

只是，生命的悲情是，我们自以为比时间快一步，但岁月也很快地被时光掩埋。

对人生高远的目标，虽然我们也曾像与太阳赛跑时一样地奔赴前程，有时站在红门前微笑，以为赢过了什么，但夕阳总是在我们微笑时，依然沉落。

当然，如果我们悲哭，它还是要沉落的。

因此，任何的奔赴与企求都带着一些虚妄的本质吧！还不如回到这当前的一刻，以全身心投注于每一个变化之中，在因缘的变化中顺应、无憾、欢喜。

到了四十岁，可能说不出“我跑赢太阳了”这样有豪情的话。

但是，我每天起床的时候，第一件事就是对着镜子里的自己说：“嗨！让我们今天来为生命创造一点什么吧！”

每天，都含着笑意，来与宇宙时空的无情、与岁月生命的多变，共同运转，那么在大化中，也会有江上明月、山间清风、岸边垂柳那样的美景不断地映现。

我，宁与微笑的自己做拍档，不要与烦恼的自己同住。

我，要不断地与太阳赛跑！不断穿过泥泞的田路，看着远处的光明。

清风匝地，有声

在日本神户港，我们把汽车开进“英鹤丸”渡轮的舱底，然后登上顶层的甲板看濑户内海。

这一次，我从神户坐渡轮要到四国，因为听说四国有优美而绵长的海岸线，还有几处国家公园。四国，是日本四大岛中最小的岛，并且偏处南方，所以是外籍观光客较少去的地方，尤其是九月以后，天气寒凉，枫叶未红，游人就更少了。

从前，要到四国一定要乘渡轮，自从几架横跨濑户内海的长桥建成以后，坐渡轮的人就少了。有很多人到四国不是去看海、看风景的，只是为了去过桥，像“鸣门大桥”是颇有历史的，而新近落成的“濑户大桥”则宏伟气派，长达十千米，听说所用的钢筋围起来可以绕地球一圈半，许多人来四国，只为了看濑户大桥粗大的水泥与钢筋。对我而言，要过海，坐渡轮总是更有情味，人生里如果可以选择从容的心情，为什么不让自己从容一些呢？

“英鹤丸”里出乎想象地冷清，零落的游客横躺在长椅上睡觉，我在贩卖部买了一杯热咖啡，一边喝咖啡，一边倚在白色的栏杆上看濑户内海。濑户内海果然与预想中的一样美，海水澄蓝如碧，天空秋高无云，围绕着内海的青山，全是透明的绿，这海山与天空的一尘无染，就好像日本传统的茶室，从瓶花到桌椅摸不出一丝尘埃。

在我眼前的就是濑户内海了，我轻轻地叹息着。

我这一次到日本来，希望好好看看濑户内海，原因说来可笑，是因为在日本的书籍里读到一则中国禅师与日本禅师的故事。

故事大意是这样的：有一位中国禅师到日本拜访一位日本禅师，两人一起乘船到濑户内海，那位日本禅师是曾到过中国学禅，亲历过中国山水的。

在船上，日本禅师说：“你看，这日本的海水是多么清澈，山景是多么翠绿！看到如此清明的山水，使人想起山里长在清水里那美丽的山葵花呀！”言下有为日本的山水感到自负的意味。

中国禅师笑了，说：“日本的海水果然清澈，山景也美。可惜，这水如果再混浊一点就更好了。”日本禅师听了非常惊异，说：“为什么呢？”“水如果混浊一点，山就显得更美了。像这么清澈的水只能长出山葵花，如果混浊一点，就能长出最美丽的白莲花了。”中国禅师平静地说。

日本禅师哑口无言。

这是禅师与禅师间机锋的对句，显然是中国禅师占了上风，但我在日本书上看到这则故事时，却沉思了很久，颇能看见日本人谦抑的态度，也恐怕是这种态度，才使千百年来，濑户内海都能保持干净，不曾受到污染。反过来说，中国人因为自诩污水里能开出莲花，所以恣情纵意，把水弄脏了，也毫不在意。

不仅濑户内海吧！我童年时代，家乡有几家茶室，都是色情污秽之地，空间窄小，灯光黯淡，空气里飘浮着酸气、腐臭与霉味，地上都是痰渍。因为我有一位要好的同学是茶室老板的儿子，不免常常要出入，每次我都捂着鼻子走进去，走出来时第一件事则是深呼吸，当时颇为成年男子可以在那么浊劣的地方盘桓终日而疑惑不已，当然也更同情那些卖笑的“茶店仔查某”了。

有一次，同学的父亲告诉我，茶室原是由日本传来，从前台湾是没有茶室的。我听了就把对乡下茶室的印象当成是对日本的印象，心想日本民族真怪，怎么喜欢在下流的茶室不喝茶，却饮酒作乐呢？直到第一次去日本，又到几家传统茶室喝茶，简直把我吓坏了，因为日本茶室都是窗明几净、风格明亮，连园子里的花草都长在它应该长的地方，别说是色情了，人走进那么干净的茶室，几乎一丝不净的念头都不会生起，口里更不敢说一句粗俗的话，唯恐染污了茶盘。怪不得日本茶道史上，所有伟大的茶师都是禅师！

同样是“茶室”，在日本与台湾却有截然不同的风貌，对照了日本禅师与中国禅师的故事就愈加令人感慨了，由小见大，山水其实就是人心，要了解一个地方人的性格，只要看那个地方的山水也就了然了。山且不论，看看台湾的水，从小溪、大河，到湖泊、沿海，无不是鱼虾死灭、垃圾漂流、污油朵朵、浮尸片片，我每次走过我们土地上的水域，就在里面看到了人心的污渍，在这样脏的水中想开出一朵白莲花，简直不可思议，需要多么大的勇气！多么大的坚持！与多么大的自我清净的力量！

我坐在濑户内海上的渡轮里，看到船后一长条纯白的波浪时，就仿佛回到了中国禅师与日本禅师在船上对话的场景与心情，在污泥秽地中坚持自我品质的高洁是禅者的风格，可是要怎么样使污秽转成清明则是菩萨的胸怀，要拯救台湾的山水，一定要先从台湾的人心救起，要知道，长出莲花的地方虽然污秽，水却是很干净的。

记得从前我当记者的时候，曾为了一个噪声与污染事件去访问一家工厂的负责人，他的工厂被民众包围，被迫停工，他却因坚持而与民众对峙。他闭起眼睛，十分陶醉地对我说：“你听听，这工厂机器的转动声，我听起来就像音乐那么美妙，为什么他们不能忍受呢？”我听到他的话忍不住笑起来，他用一种很怀疑的眼神看我，眼神里好像在说：“连你也不能欣赏这种音乐吗？”那个眼神到现在我都还记得。

确实如此，在守财奴的眼中，钞票乃是人间最美丽的绘画呢！

听过了肆无忌惮的商人的音乐，我们再回到日本的茶室，日本茶道的鼻祖绍鸥曾经说过一句动人的话：“放茶具的手，要有和爱人分离的心情。”这种心情在茶道里叫作“残心”，就是在行为上绵绵密密，即使简单如放茶具的动作，也要轻巧、有深沉的心思与情感，才算是个懂茶的人。

反过来说，一个人和爱人分离的心情，若能犹如放下名贵茶具的手那么细心，把诀别的痛苦化为祝福的愿望，心中没有丝毫憎恨，留存的只有珍惜与关怀，才是懂得爱情的人。此所以茶道不昧流的鼻祖出云松江说：“红叶落下时，会浮在水面；那不落的，反而会沉入江底。”

境界高的茶师，并不在于他能品味好茶，而在于他对待喝茶这整个动作的态度，即使喝的只是普通粗茶，他也能找到其中的情趣。

境界高的人生亦如是，并不在于永远有顺境，而是不论顺逆，也能用很好的情味去面对，这就是禅师说的“在途中也不离家舍”“不风流处也风流”。因此，我们要评断一个人格调与韵致的高低，要看他失败时的“残心”。有两句禅诗：“掬水月在手，弄花香满衣”，最能表达这种残心，每一片有水的叶子都有月亮的映照，同样，人生的每个行为、每个动作都是人格的展现。没有经过残心的升华，一个人就无法有温柔的心，当然，也难以体会和爱人分离的心情是多么澄清、细密、优美，一如秋深落叶的空山了。

从前有一个和尚到农家去诵经，诵经的中途听到了小孩的哭声，转头一看，原来孩子趴在地上压到了一把饭铲子，地上很肮脏，孩子的母亲就把他抱起来，顺手把饭铲子放进热腾腾的饭里，洗也不洗。

于是，当孩子的母亲来请吃饭时，和尚假称肚子痛，连饭也没吃，就匆匆赶回寺里。过了一星期，和尚又去这户农家诵经，诵完经，那母亲端出了一碗热腾腾的甜酒酿，由于天气严寒，和尚一连喝了好几碗，不仅觉得美味，心情也十分高兴。

等吃完了甜酒酿，孩子的母亲出来说：“上一次真不好意思，您连饭都没吃就回去了，剩下很多饭，只好用剩饭做成一些甜酒酿，今天看到您吃了很多，我实在感到无比安慰。”和尚听了大有感触，为逃避肮脏的饭铲子，没想到反而吃了七天前的剩饭做成的甜酒酿，因而悟到了“一饮一啄，莫非前定”。我们面对人生里应该承受的事物不也是如此吗？在饭铲中泡过的脏饭与甜酒，表面不同，本质却是一样的。所以，欢喜的心最重要，有

春天时能享受花红草绿，冬天时能欣赏冰雪风霜，晴天时爱晴，雨天时爱雨。

欢喜心，则春天时能享受花红草绿，冬天时能欣赏冰雪风霜，晴天时爱晴，雨天时爱雨。

好像一条清澈的溪流，流过了草木清华，也流过石畔落叶，它欢跃如瀑布时，不会被拘束，它平缓如湖泊时，也不会被局限，这就是《金刚经》里最动人心弦的一句“应无所住而生其心”。

我眼前的濑户内海也是如此，我体验了它明朗的山水，知道濑户内海不只是日本人的海，而是眼前的海，是大地之海，超越了名字与国籍。海上吹来的风，呼呼有声，在台湾林野里的清风亦如是，遍满大地，有南国的温暖及北地的凉意，匝地，有声。

晋朝有名的女僧妙音法师写过一首诗：

长风拂秋月，
止水共高洁；
八到净如如，
何容业萦结？

“八到”是指风从东、南、西、北、东南、东北、西南、西北一起到，分不出是从哪里到的，静听、感受清风的吹拂，其中有着禅的对语。在步出“英鹤丸”的时候，我看见了长在清水里的山葵花是美丽的，长在污泥里的白莲花也是美丽的，与爱人相会的心情是美丽的，与爱人分离的心情也是美丽的。

只因为我的心是美丽的，如清风一样，匝地，有声。

人在江湖

做生意的朋友来看我，谈到内心的许多挣扎，说有时候为了生意，不免要去应酬、喝酒，有时还要对别人设计、扯谎，其实自己的内心向往着规规矩矩地做生意，过单纯的生活，但这样的希望是很不可得的。

他的结论是："人在江湖，身不由己呀！"

朋友走了以后，我想到"人在江湖，身不由己"不只是做生意的人，也是一般人去做那些不随己意的事时，最常用的借口。江湖，真的那么可怕吗？什么是江湖呢？

"江湖"的用语，最早出自《庄子·大宗师》里"不如相望于江湖"，指的是三江（荆江、松江、浙江），五湖（洞庭湖、太湖、鄱阳湖、青草湖、丹阳湖），后来成为佛教里的常用语，把云游四海的云水僧人称为“江湖人”。

那是因为在唐朝的时候，江西有马祖道一禅师，湖南有石头希迁禅师，两位禅师的德声享誉四方，同时大树法幢。当时天下各地的神僧，如果不是到江西去参马祖，就是到湖南去参石头。由于古代交通不便，光是走到江西、湖南就要一年半载，他们沿路挂单参访，称为“走江湖”。走在江湖上的行者别称为“江湖人”“江湖僧”“江湖众”。

江湖还有别的意思，像禅士如果散居于名山大刹之外，居于江畔湖边自己参究的，也称为“江湖人”。

或者，一般隐士之居，也可以叫“江湖”，如《汉书》之“甚得江湖间民心”，范仲淹《岳阳楼记》说：“处江湖之远，则忧其君”。

因此，在早期，“江湖”是很好的字眼，它象征着一种自由追求真理的态度；“江湖人”也是很好的字眼，是指那些可以放下一切，去探究生命真相的人。

不知道从什么时候开始，在中国民间，“江湖”成为一般通俗的称呼，浪迹于四方谋生活的人，称为“走江湖”或“跑江湖”；阅历丰富的人称为“老江湖”，而以术敛财的人叫“江湖郎中”。这些都还是好的，江湖只是名词而已，到了现在，“江湖”成为“染缸”的同义词，政客们互相打架、骂“三字经”，说：“人在江湖，身不由己。”商人出卖灵魂，重利轻义，说：

“人在江湖，身不由己。”黑社会杀人放火，无所不为，说：“人在江湖，身不由己。”

你们的江湖到底是什么样的江湖呢？

人处世间，江湖风险，似乎不可避免，但是在同一个江湖里，有人自清自爱，有人随浊随堕，完全是看个人的选择，“身不由己”只是一个借口罢了！我想起《韩非子》里说：“不可陷之盾与无不陷之矛，不可同世而立。”如果心里有清白的向往，而还继续混浊，当然会有矛盾、冲突与挣扎了。

在我们幼年时代，没有自来水，家家户户都在庭前摆水缸，接雨水备用，接来的水要先放一两天澄清，等泥尘沉淀才可使用。有时候孩子顽皮，以手去搅水缸，只要两三下，水就不能用了，要再澄清两天才可用。

因此，我们很小的时候就知道绝对不要去搅水缸，因为“要使水澄清很难，要一两天；要使水混浊很容易，只要搅一两下”。

身在江湖的人也是一样的，古代的禅师为了发觉内在的澄明的泉源，不惜在江边湖畔苦苦寻索，看清了“江湖寥落，尔将安归”的困局；现代的人则随着欲望之江陷溺于迷茫之湖，向外永无休止地需索，然后用“身不由己”来做借口。

即使我们真是身在江湖，也要了解江湖真实的意涵，“春风桃李花开日，秋雨梧桐叶落时”，江湖实不可畏，怕的是自己一直把手放在水缸里翻搅。

如果马祖与石头还在，我也真想去走江湖，但是如今最好是安住于自己的心，来让那心水澄清，以便哪一天，可以拿来饮用呀！

咸也好，淡也好

一个青年为着情感离别的苦痛来向我倾诉，气息哀怨，令人动容。

等他说完，我说：“人生里有离别是好事呀！”

他茫然地望着我。

我说：“如果没有离别，人就不能真正珍惜相聚的时刻；如果没有离别，人间就再也没有重逢的喜悦。从这个观点看，离别是好的。”

我们总是认为相聚是幸福的，离别便不免哀伤。但这幸福是比较而来的，若没有哀伤作衬托，幸福的滋味也就不能体会了。

再从深一点的观点来思考，这世间有许多的“怨憎会”，在相聚时感到特别痛苦的人比比皆是，如果没有离别这件好事，他们不是要永受折磨，永远沉沦于恨海之中吗？

幸好，人生有离别。

因相聚而幸福的人，离别是好，使那些相思的泪都化成甜美的水晶。

因相聚而痛苦的人，离别最好，雾散云消看见了开阔的蓝天。

可以因缘离散，对处在苦难中的人，有时候正是生命的期待与盼望。

聚与散、幸福与悲哀、失望与希望，假如我们愿意品尝，样样都有滋味，样样都是生命中不可或缺的。

高僧弘一大师，晚年把生活与修行统合起来，过着随遇而安的生活。有一天，他的老友夏丏尊来拜访他，吃饭时，他只配一道咸菜。

夏丏尊不忍地问他："难道这咸菜不会太咸吗？"

"咸有咸的味道。"弘一大师回答道。

吃完饭后，弘一大师倒了一杯白开水喝，夏丏尊又问："没有茶叶吗？怎么喝这平淡的开水？"

弘一大师笑着说："开水虽淡，淡也有淡的味道。"

我觉得这个故事很能表达弘一大师的道风，夏丏尊因为和弘一大师是青年时代的好友，知道弘一大师在李叔同时代，有过歌舞繁华的日子，故有此问。弘一大师则早就超越咸淡的分别，这超越并不是没有味觉，而是真能品味咸菜的好滋味与开水的真清凉。

生命里的幸福是甜的，甜有甜的滋味。

情爱中的离别是咸的，咸有咸的滋味。

生活的平常是淡的，淡也有淡的滋味。

我对年轻人说：“在人生里，我们只能随遇而安，来什么品味什么，有时候是没有能力选择的。就像我昨天在一个朋友家喝的茶真好，今天虽不能再喝那么好的茶，但只要有茶喝就很好了。如果连茶也没有，喝开水也是很好的事呀！”

只手之声

如果要我选择一种最喜欢的花的名字，我会投票给一种极平凡的花——含笑。

说含笑花平凡是一点也不错的，在乡下，每一家院子里它都是不可少的花，与玉兰、桂花、七里香、九重葛、牵牛花一样，几乎随处可见，它的花形也不稀奇，拇指大小的椭圆形花隐藏在枝叶间，粗心的人可能视而不见。

比较杰出的是它的香气，含笑之香非常浓郁，并且清明悠远，邻居家如果有一棵含笑开花，香气能飘越几里之远，它不像桂花香那样含蓄，也不如夜来香那样跋扈，有一点接近玉兰花之香，潇洒中还保有风度，维持着一丝自许的傲慢。含笑虽然十分平民化，香味却带着贵气。

含笑最动人的还不是香气，而是名字，一般的花名只是一个代号，比较好的则有一点形容，像七里香、夜来香、百合、夜昙都算是好的。但很少有花的名字像含笑，是有动作的，所谓含笑，是似笑非笑，是想笑未笑，是含羞带笑，是嘴角才牵动的无声的笑。

记得小时候有一次见到含笑开花了，我从院子里跑进屋里，见到人就说："含笑开了，含笑开了！"说着说着，感觉那名字真好，让自己的嘴角也禁不住带着笑，又仿佛含笑花真是因为笑而开出米白色的、没有一丝杂质的花来。

第一位把这种毫不起眼的小白花起名为"含笑"的，是值得佩服的人，可想而知，他一定是在花里看见了笑意，或者自己心里饱含喜悦，否则不可能取名为含笑。

含笑花不仅有象征意义，而且能贴切地说出花的特质，含笑花和别的花不同，它是含苞时最香，花瓣一张开，香气就散走了。而且含笑的花期很长，一旦开花，从春天到秋天都不时在开，让人感觉到它一整年都非常喜悦，可惜含笑的颜色没有别的花多彩，只能算含蓄地在笑着罢了。

知道了含笑的种种，使我们知道含笑花固然平常，却有它不凡的气质和特性。

但我也知道，"含笑"虽是至美的名字，这种小白花如果不以含笑为名，它的气质也不会改变，它哪里在乎我们怎么叫它呢？它只是自在自然地生长，并开花，让它的香气远扬而已。

在这个世界上，许多事物都与含笑花一样，有各自的面目，外在的感受并不会影响它们，它们也从来不为自己辩解或说明，因为它们的生命本身就是最好的说明，不需要任何语言。反过来，当我们面对没有语言、沉默的世界时，我们能感受到什么呢？

在日本极有影响力的白隐禅师，他曾设计过一则公案，就是“只手之声”，让学禅的人参一只手有什么声音。后来“只手之声”成为日本禅法重要的公案，他们最爱参的问题是：“两掌相拍有声，如何是只手之声？”或者参：“只手无声，且听这无声的妙音。”

我们翻看日本禅者参“只手之声”的公案，有一些真能得到启发，例如：

老师问：“你已闻只手之声，将作何事？”

学生答：“除杂草，擦地板，师若倦了，为师按摩。”

老师问：“只手的精神如何存在？”

学生答：“上拄三十三天之顶，下抵金轮那落之底，充满一切。”

老师问：“只手之声已闻，如何是只手之用？”

学生答：“火炉里烧火，铁锅里烧水，砚台里磨墨，香炉里插香。”

老师问："如何是十五之前的只手，十五以后的只手，正当十五的只手？"

学生伸出右手说："此是十五以前的只手。"

伸出左手说："此是十五以后的只手。"

两手合起来说："此是正当十五的只手。"

老师问："你既闻只手之声，且让我亦闻。"

学生一言不发，伸手打老师一巴掌。

一只手能听到什么声音呢？在一般人看来可能是大的迷惑，但禅师不仅能听见只手之声，在最广大的眼界里从一只手竟能看见华严境界的四法界（理法界、事法界、理事无碍法界、事事无碍法界），有禅师伸出一只手说："见手是手，是事法界。见手不是手，是理法界。见手不是手，而见手又是手，是理事无碍法界。一只手忽而成了天地，成了山川草木森罗万象，而森罗万象不出这只手，是事事无碍法界。"

可见一只手真是有声音的！日本禅师的概念传自中国，中国禅师早就说过这种观念。例如云岩禅师问道吾禅师说："大悲菩萨用许多手眼做什么？"道吾说："如人夜半背手摸枕子。"云岩说："我会也！"道吾说："汝作么生会？"云岩说："遍身是手眼！"道吾说："道太煞道，只道得八成。"云岩说："师兄作么生？"道吾说："通身是手眼！"

通身是手眼，这才是禅的真意，那须仅止于只手之声？

从前，长沙景岑禅师对弟子开示说：“尽十方世界是沙门一只眼，尽十方世界是沙门全身，尽十方世界是自己光明，尽十方世界在自己光明里，尽十方世界无一人不是自己。”这岂止是一只手的声音！十方世界根本就与自我没有分别。

一只手的存在是自然，一朵含笑花的开放也是自然，我们所眼见或不可见的世界，不都是自然地存在着吗？

即使世界完全静默，有缘人也能听见静默的声音，这就是“只手之声”以及只手的色、香、味、触、法。在沉默的独处里，我们听见了什么？在噪闹的转动里，我们没听见的又是什么呢？

有的人在满山蝉声的树林中坐着，也听不到蝉声；有的人在哄闹的市集里走着，却听见了蝉声。对于后者，他能在含笑花中看见饱满的喜悦，听见自己的只手之声；对于前者，即使全世界向他鼓掌，也是惘然，何况只是一朵花的含笑。

不是茶

日本茶道大师千利休，是日本无人不晓的历史人物，他的家教非常成功，千利休家族传了十七八代，代代都有茶道名师。

千利休家族后来成为日本茶道的象征，留下来的故事不计其数，其中有三个故事我特别喜欢。

千利休到晚年时，已经是公认的伟大茶师，当时掌握大权的将军秀吉特地来向他求教饮茶的艺术，没想到他竟说饮茶没有特别神秘之处，他说："把炭放进炉子里，等水开到适当程度，加上茶叶使其产生适当的味道。按照花的生长情形，把花插在瓶子里。在夏天的时候使人想到凉爽，在冬天的时候使人想到温暖，没有别的秘密。"

发问者听了这种解释，便带着厌烦的神情说，这些他早已知道了。千利休厉声地回答说：“好！如果有人早已知道这种情形，我很愿意做他的弟子。”

千利休后来留下一首有名的诗，来说明他的茶道精神：

先把水烧开，
再加进茶叶，
然后用适当的方式喝茶，
那就是你所需要知道的一切，
除此之外，茶一无所有。

这是多么动人的领悟啊！茶的最高境界就是一种简单的动作、一种单纯的生活。虽然茶可以有许多知识学问，在喝的动作上，它却还原到非常单纯有力的风格，超越了知识与学问。这就是说，喝茶的艺术不是一成不变的，随着每个人的个性与喜好，用自己“适当的方式”，才是茶的本质。如果茶是一成不变的，也就没有“道”可言了。

另一个是千利休教导他儿子的故事。日本人很爱干净，日本茶道更有绝对一尘不染的传统，如何打扫茶室因而成为茶道极为重要的传承。

传说当千利休的儿子正在洒扫庭园小径时，千利休坐在一旁看着。当儿子觉得工作已经做完的时候，他说：“还不够清洁。”儿子便出去再做一遍，做完的时候，千利休又说：“还不够清洁。”这样一而再，再而三地做了许多次。

过了一段时间，儿子对他说：“父亲，现在没有什么事可以做了。石阶已经洗了三次，石灯笼和树上也洒过水了，苔藓和地衣都披上了一层新的青绿，我没有在地上留一根树枝和一片叶子。”

“傻瓜，那不是清扫庭园应该用的方法。”千利休对儿子说，然后站起来走入园子里，用手摇动一棵树，园子里霎时间落下许多金黄色和深红色的树叶，这些秋锦的断片，使园子显得更干净宁谧，并且充满了美与自然，有着生命的力量。

千利休摇动的树枝，是在启示人文与自然和谐乃是环境的最高境界，在这里也说明了一位伟大的茶师是如何从茶之外的自然中得到启发。如果用禅意来说，悟道者与一般人的不同也就在此，过的是一样的生活，对环境的观照已经完全不一样，他能随时取得与环境的和谐，不论是秋锦的园地或瓦砾堆中都能创造泰然自若的境界。

还有一个故事是关于千利休的孙子宗旦的，宗旦不仅继承了父祖的茶艺，对禅也极有见地。

有一天，宗旦的好友京都千本安居院正安寺的和尚，叫寺中的小沙弥送给宗旦一枝寺院中盛开的椿树花。

椿树花一向就是极易掉落的花，小沙弥虽然非常小心地捧着，花瓣还是一路掉下来，他只好把落了的花瓣拾起，和花枝一起捧着。

到宗旦家的时候，花已全部落光，只剩一枝空枝，小沙弥向宗旦告罪，认为都是自己粗心大意才使花落下了。

宗旦一点也没有怨怪之意，并且微笑地请小沙弥到招待贵客的“今日庵”茶席上喝茶。宗旦从席床上把祖父千利休传下来的名贵的国城寺花筒拿下来，放在桌上，将落了花的椿树枝插于筒中，把落下的花散放在花筒下，然后他向空花及空枝敬茶，再对小沙弥献上一盅清茶，谢谢他远道赠花之谊，两人喝了茶后，小沙弥才回去向师父复命。

宗旦表达了一个多么清朗的境界！花开花谢是随季节变动的自然，是一切的“因”；小和尚持花步行而散落，这叫作“缘”；无花的椿枝及落了的花，一无价值，这就是“空”。

从花开到花落，可以说是“色即是空”，但因宗旦能看见那清寂与空静之美，并对一切的流动现象以及一切的人抱持宽容的敬意，他把空变成一种高层次的美，使“色即是空”变成“空即是色”。

对于看清因缘的人，“色不异空”“空不异色”也就不是那么难以领会了。

老和尚、小沙弥、宗旦都知道椿树花之必然凋落，但他们都珍惜整个过程，这就是我们常说的“惜缘”，惜缘所惜的并不是对结局的期待，而是对过程的珍爱呀！

在日本历史上，所有伟大的茶师都是学禅者，他们都向往沉静、清净、超越、单纯、自然的格局，一直到现代，大家都公认不学禅的人是没有资格当茶师的。

因此，关于茶道，日本人有“不是茶”的说法，茶道之最高境界竟然不是茶，从这里也可以看出人们透过茶，是在渴望着什么，简单地说，是渴望着渺茫的自由，渴望着心灵的悟境，或者渴望着做一个更完整的人吧！

第三章

走向生命的大美

唯有清明的心，才能体验到什么是真实的美。

唯有不断地觉悟，才能体验到更深刻、广大、雄浑的美。

也唯有无上正觉的人，才能迈向生命的大美、至美、完美。

走向生命的大美

王国维在《人间词话》里曾经说到古今成大事业、做大学问的人必须经过三种境界：

第一种境界是“昨夜西风凋碧树，独上高楼，望尽天涯路”。意思是说有感性的胸怀，见到西风里凋零的碧树心有所感，在内心里有理想的抱负与对未来的追寻，虽有孤独与苍茫之感，但有远见，对生命有辽阔的视野。

（这句出自宋朝晏殊的《蝶恋花》，原词是：“槛菊愁烟兰泣露，罗幕轻寒，燕子双飞去。明月不谙离恨苦，斜光到晓穿朱户。昨夜西风凋碧树，独上高楼，望尽天涯路。欲寄彩笺兼尺素，山长水阔知何处？”）

第二种境界是“衣带渐宽终不悔，为伊消得人憔悴”。意思是说不只要有追寻理想的热情与勇气，还要有坚持、有执着，去实践自己所信奉的真理，即使人变瘦了、衣带变宽了，也能百折不悔。

（这句出自宋朝词人柳永的《凤栖梧》，原词是："伫倚危楼风细细，望极春愁，黯黯生天际。草色烟光残照里，无言谁会凭栏意？拟把疏狂图一醉，对酒当歌，强乐还无味。衣带渐宽终不悔，为伊消得人憔悴。"）

第三种境界是"众里寻他千百度，蓦然回首，那人却在灯火阑珊处"。意思是经过非常长久的努力追寻，饱受人生的沧桑，到后来猛然回首，那要追寻的却在自己走过的道路上，灯火阑珊的地方。

（这句出自宋朝词人辛弃疾的《青玉案》，原词是："东风夜放花千树，更吹落，星如雨。宝马雕车香满路。凤箫声动，玉壶光转，一夜鱼龙舞。蛾儿雪柳黄金缕，笑语盈盈暗香去。众里寻他千百度，蓦然回首，那人却在灯火阑珊处。"）

从前读《人间词话》读到人生的三种境界时，虽有感触，但不深刻，到最近几年，这三重境界之说时常在心中浮现，格外感受到王国维对生命的智见，他论的虽然是诗词、是事功、是人格，讲的实际上是人从凡夫之见超越的历程，到最后那种"众里寻他千百度，蓦然回首，那人却在灯火阑珊处"，简直是开悟的心境了，使我想起一首禅诗"终日寻春不见春，芒鞋踏破岭头云。归来偶遇梅花嗅，春在枝头已十分”，也不禁想到菩萨在人间留下一丝有情那样的心境。

一个人要“众里寻他千百度”，必然要经验人生的许多历程，而要“蓦然回首”则需要一种明觉，至于站在灯火阑珊处的那人，不是别人，而是一个原点，是那个“独上高楼，望尽天涯路”的自我呀！

诗人虽然出自情感与灵感来表达自我，但其中有一种明觉，或者与禅师不同，我相信那明觉之中有犹如镜子一样澄明、开悟的心——这种历程，在某些作品里是历历可见的。

宋朝词人蒋捷曾有一首《虞美人》，很能看出这种提升的历程：

少年听雨歌楼上，红烛昏罗帐。
壮年听雨客舟中，江阔云低，断雁叫西风。
而今听雨僧庐下，鬓已星星也。
悲欢离合总无情，一任阶前，点滴到天明。

在僧庐下听雨的白发诗人，体会到人世悲欢离合的无情就像阶前的雨一样错落无常，心境上是有一种悟境的。与禅心不同的是，禅心以智为灯芯，诗人则以美作为点燃，这是为什么我们读到李贺“天若有情天亦老”一句，要为之低回不已了，或者读到龚自珍的“落红不是无情物，化作春泥更护花”要为之三叹了。

一个好的开悟的境界，或者崇高的人格与事功，都不是无情的，它是一种经过净化的有情的心，这种经过净化的有情，我们可以称之为“觉有情”，犹如道绰大师说的，就像天鹅在水中悠游，沾水而羽毛不湿。

好的文学，优美的诗歌，无不是在“有情中有觉”，创作者既提升了自我的情感经验，也借以转化，溶解成人人都能提升的情感经验，来唤醒大众内在感觉的呼声，这就是为什么历来伟大的禅师在开悟之际都会写下诗歌，而开悟之后，有许多禅师也往往以诗歌示教。在显教最有名的是六祖慧能，传说他不识字，但读他的作品《六祖坛经》竟犹如诗偶一样，在密宗最著名的是密勒日巴，传说他留传的诗歌竟有数万首之多。

寒山、拾得不也是这样吗？他们是山野的隐士，却也忍不住把自己的心境写在山间石壁，幸好有人抄录才不致失传。但是，我也不禁想到，以寒山、拾得的诗才，写诗的那种劲道，一定有更多的诗隐于石上、壁上，与草木同朽，后人无缘得见了。

为什么悟道者爱写诗呢？原因何在？我想最根本的是，禅学或佛教是一种美，能在人生中提升美的体验，使一个人智慧有美、慈悲有美、生活有美，语默动静无一不美，那才是走向佛道之路。

失去了美，佛道对人生还有什么价值呢？

唯有心性的绝美，才使人能洗涤贪、嗔、痴、慢、疑五毒；也唯有绝美的心，才能面对、提升、跨越人生深切的痛苦。

因此，道是美，而走向道的心情是一种诗情，诗情与道情转着的驿站则是“觉”。

菩萨所以叫“觉有情”，是因为菩萨从来没有失去感性的怀抱，与凡夫不同的是，他在有情中不失觉悟的心。

菩萨所以个个心性皆美，长相也无不庄严到达极致，则是启示了我们，美是无比重要的，最深刻的美则来自有情的锤炼。

即使是佛，十方诸佛都是“相好庄严”，经典里说到佛之美，有“三十二相，八十种好”之说，因此，佛的相、佛的心，都是绝美。

了解到佛道的追求是生命完美的追求，我模仿王国维之说，凡是古今走向“觉有情”之道者，也必经三种境界：

第一种境界是“笑渐不闻声渐悄，多情却被无情恼”。（语出苏东坡《蝶恋花》）

第二种境界是“我见青山多妩媚，料青山见我应如是。情与貌，略相似”。（语出辛弃疾《贺新郎》）

第三种境界是“千锤万凿出深山，烈火焚烧若等闲。粉骨碎身浑不怕，要留清白在人间”。（语出于谦《石灰吟》）

真正觉有情的菩萨，全是多情的种子，他们在无情的孽障人世之中，因烦恼生起菩提之心。然后体会到一切有情都会被无情唯有清明的心，才能体验到什么是真实的美。

所恼，思有以解脱，心性与眼界大开，看到世间的美与苦难是并存的，正如青山与我并无分别。最后宁可再跃入有情的熔炉，不畏任何障碍，为了留一点清白在人间。

一个人人格境界的确立正是如此，是在有情中打滚、提炼，终至水保明觉、观照世间，那时才知道什么叫作“蓦然回首”了。

唯有清明的心，才能体验到什么是真实的美。

唯有不断地觉悟，才能体验到更深刻、广大、雄浑的美。

也唯有无上正觉的人，才能迈向生命的大美、至美、完美。

有情十二帖

前生

前生，我们也是在这样的溪水畔道别的吧！

要不然，我从山径一路走来，心原是十分平静的，可是我看见这条溪时，心为什么如水波一样涌动起来？周围清冽的空气，使我感到一种不知何处流来的可惊的寒冷。

以溪水为镜，我努力地想知道，这条溪与我有着什么样的因缘？或者是，我如何在溪的此岸，看着你渐远的身影？或者是，同在一岸，你往下游走去，而我却溯源而上？

我什么都照映不出来，因为溪水太激动了。

这已是春天了呀！草正绿着，花正开着，阳光正暖，溪水为什么竟有清冷而空茫的感觉呢?

想是与久远的前生有着不可知的关系。

在春天的时候，临溪而立，特别能感觉到生命是一道溪流，不知从何流来，不知流向何处。

此刻的我，仿佛是，奔流的河溪中刚刚落下的，一片叶子。

流转

在十字路口的古董店临窗的角落，我坐在一张太师椅上，立刻就站起来，因为那张椅子上还留着别人坐过的温度。

从小我就不习惯坐别人坐过的热椅子，宁可站着等那椅子冷了，才落座。尤其是古董椅子，据说这张椅子是清朝传下的，那美丽的雕花让我知道这不是平民的椅子，它的第一主人曾经是富有的人吧!

现在，那个富有的人，他的财富必然已经散尽了，他的身体一定也在时空中消亡了，留下这一组椅子，没有哭笑，在午后的阳光中静静的，几乎是睡着一般。

我在古董店转了一圈，好像与时空一起流转，唐朝的三彩马，明代的铜香炉，清朝的瓷器，民初的碗盘，有很多还完美如新。有一张八仙彩，新得还像一个脸容贞静的妇女一针一针刺绣上去，针痕还在锦上，人却已经远去了，像空气，像轻轻的铜铃声。

在古董店，我特别能感受时光的无情以及生命的短暂，步出古董店时我觉得，即使在早春，也应珍惜正在流转的光阴。

山雨

看着你微笑着，无声，在茫茫的雨雾中从山下走来，你撑着的花伞，在每一格石阶一朵一朵开上来，三月道旁的杜鹃与你的伞一样有艳红的颜色。在春雨的绵绵里，我的忧伤，像雨里的乱草缠绵在一起，忧伤的雨就下在我的眼中。

眼看你就要到山顶，却在坡道转弯处隐去了，隐去如山中的风景，静默。雨，也无声。

山顶的凉亭里，有人在下棋。因为棋力相当，两个人静静地对坐着，偶尔传来一声“将军”，也在林间转了又转，才会消失。

我看着满天的雨，感觉这阵雨永远也不会停。

你果然没有到山顶上，转过坡道又下山了，我看着你的背影往山下走去，转一道弯就消失了，消失成雨中的山，空茫的山。

山雨不停，我心中忧伤的雨也一如山雨。

这阵雨永远也不会停了！看着满天的雨，我这样想着。

突然听到凉亭里传来一声高扬的：将军！

四月

我最喜欢四月的阳光，四月的阳光不温不火、透明温润，有琉璃的质感。

四月的阳光，使每一朵花都是水晶雕成，在风里唱着希望之歌，歌声五色仿佛彩虹。

四月的阳光，使每一株草都是翡翠繁生，在土地上写着明日之诗，诗章湛蓝一如海洋。

在四月的阳光中，我们把冬寒的灰衣褪去，肌肤触着遥远天际传来的温热，使我想起童年时代，赤身奔跑过四月的田野，阳光就像母亲温暖的怀抱，然后我们跳入还留着去年冬寒的溪里游水。最后，我们带着全身琉璃般的水珠躺在大石上，水一丝丝化入空中，我们就在溪边睡着了。

在四月的阳光中，草原、树林、溪流、石头都是净土，至少对无忧的孩子是这样的。所以，不论什么宗教，都说我们应该胸怀一如赤子，才能进入清净之地。

四月还是四月，温暖的阳光犹在，可叹的是我们都不再是赤子了。

石狮

我们走过生命的原野时，要像狮子一样，步步雄健，一步

四月的阳光，使每一朵花都是水晶雕成。

留下一个脚印。

我们渡过生命河流之际，要像六牙香象，中流砥柱、截河而流，主宰自己生命的河流与方向。

我们行经生命的丛林小径，要像灰鹿之王，威严而柔和、雄壮而悲悯，使跟随我们的鹿群都能平安温饱。

这些都是佛经的譬喻，是要我们期许自己像狮子一样威猛，像大象一样壮大，像鹿王一样温和庄严。当我们想起这几种动物，真犹如自己站在高山顶上，俯视着莽莽的林木与茫茫的草原，也有那样的气派。

狮子是文殊师利菩萨的坐骑，白象是普贤菩萨的坐骑，都是极有威势的护法，尤其狮子更是普遍，连民间一般寺庙都是由狮子来护法的。

今天路过一座寺庙，看到门前的石狮子有不同的表情，几乎是微笑着的，然后我想起每座寺庙前的狮子，虽是石头雕成，每只的表情都有细微的不同。

即使是石狮子，也是有心的，特别是在温馨的五月清晨的微风之中。

欢喜

黄山谷有一天去拜访晦堂禅师，问禅师说："禅宗的奥义究竟是什么？”

晦堂禅师说：“《论语》上说‘二三子，以我为隐乎？吾无隐乎尔。’禅对你们也没有什么隐藏，这意思你懂吗？”

黄山谷说：“我不懂。”

然后，两人都沉默了。一起在山路上散步，当时，木樨花正开放，香味满山。

晦堂问：“你闻到香味了吗？”

“是，我闻到了！”黄山谷说。

“我像这木樨花香一样，没有隐瞒你呀！”禅师说。

黄山谷听了，像突然打开心眼一样开悟了。

是的，这世界从来没有隐瞒过我们，我们的耳朵听见河流的声音，我们的眼睛看到一朵花开放，我们的鼻子闻到花香，我们的舌头可以品茶，我们的皮肤可以感受阳光……在每一寸的时光中都有欢喜，在每个地方都有禅悦。

我曾在一个开满凤凰花的城市住了三年，今天看到一棵凤凰花开，好像唱着歌一样，使我的眼耳鼻舌身意都洋溢着少年时代的欢喜。

院子

农村里的秋天来得晚，但真正秋天来的时候是很写意的。

首先感觉到的是终于有黄昏的晚霞了，当河边的微风吹过，我们背着沉重的书包回家，站在家前院子里往远山看去，太阳正好把半天染红；那云红得就像枫叶，仿佛一片一片就要落下来了。于是，我常常站在院子里就呆住了，一直到天边泼墨才惊醒过来。

然后，悬丝飘浮的、带着清冷的秋灯的、只照射自己的路的萤火虫，不知道是从河的对岸或树林深处来了，数目多得超乎想象，千盏万盏掠过院子，穿过弄堂，在草丛尖浮荡。有人说，萤火虫是点灯来找它前世的情缘的，所以灯盏才会那么凄清闪烁、动人肝肺。

最后，是大人们扇着扇子，坐在竹椅上清喉咙："古早、古早、古早……"说着他们的父亲、祖父一直传说不断的忠孝节义的故事，听着这些故事，使我觉得秋天真是温柔，温柔中流着情义的血。我们听故事的那个院子，听说还是曾祖父用石块亲手铺成的。

秋天枫叶似的云、凄凉的萤火、用传说铺成的院子如今还在闪烁，可惜现在不是秋天，也找不到那个院子了。

有情

"花，到底是怎么开起的呢？"有一天，孩子突然问我。

我被这突如其来的问题问住了，我说："是春天的关系吧。"

对我的答案，孩子并不满意，他说："可是，有的花是在夏天开，有的是在冬天开呀！"

我说："那么，你觉得花是怎样开起的呢？"

"花自己要开，就开了嘛！"孩子天真地笑着，"因为它的花苞太大，撑破了呀！"

说完孩子就跑走了，是呀！对于一朵花和对于宇宙一样，我们都充满了问号，因为我们不知它的力量与秩序是明确来自何处。

花的开放，是它自己的力量在因缘里的自然展现，它蓄积自己的力量，使自己饱满，然后爆破，犹如阳光在清晨穿破了乌云。

花开是一种有情，是一种内在生命的完成，这是多么亲切呀！这使我想起，我们也应该蓄积、饱满、开放，永远追求自我的完成。

炉香

有一天，一位老太太问赵州从谂禅师："怎样去极乐世界呢？"赵州说："大家都去极乐世界吧！我只愿永远留在苦海。”

我读到这里，心弦震动，久久不能自已，一个已经开悟的禅师，他不追求极乐，而希望自己留在与众生相同的地方，在苦海中生活，这是真实的伟大的慈悲。就好像在莲花池边，大家都赶来看莲花，经过时脚步杂乱、纸屑满地，而他只愿留下来打扫莲花池。

抬起头来，我看见案前的檀香炉，香烟袅袅，飘去不可知的远方，香气在室内盘绕不息。这烟气是不是也飘往极乐世界呢？可是如果没有香炉的承受，接受火炼，檀香的烟气也不可能飞到远方。

赵州正是要做那一个大香炉，用自己的燃烧之苦来点燃众生虔诚的极乐之向往。

我也愿做烧香的铜炉，而不要只做一缕香。

天空

我和一位朋友参观一处很有年代的古迹，我们走进一座亭子，坐下来休息，才发现亭子屋顶上刻着许多繁复、细致、色彩艳丽的雕刻，是人称“藻井”的那种东西。

朋友说：“古人为什么要把屋顶刻成这么复杂的样子？”

我说：“是为了美感吧！”

在每一寸的时光中都有欢喜，在每个地方都有禅悦。

花开是一种有情，是一种内在生命的完成，这是多么亲切呀！

朋友说不是这样的，因为人哪有那么多的时间整天抬头看屋顶呢！

“那么，是为了什么？”我感到疑惑。

“有钱人看见的天空是这个样子的呀！缤纷七彩、金银斑斓，与他们的珠宝箱一样。”我第一次听到这种说法，眼中禁不住流出了问号，朋友补充说，“至少，他们希望家里的天空是这样子的，人的脑子塞满钱财就会觉得天空不应该只是蓝色，只有一种蓝色的天空，多无聊呀！”

朋友似笑非笑地看着藻井，又看着亭外的天空。

我也笑了。

当我们走出有藻井的凉亭时，感觉单纯的蓝天，是多么美！多么有气派！

“水因有月方知静，天为无云始觉高。”我突然想起这两句诗。

如水

曾经协助丰臣秀吉统一全日本的大将军黑田孝高，他善于用水作战，曾用水攻陷了久攻不下的高松城。因此在日本历史上有“如水”的别号，他曾写过“水五则”：

一、自己活动，并能推动别人的，是水。

二、经常探求自己的方向的，是水。

三、遇到障碍物时，能发挥百倍力量的，是水。

四、以自己的清洁洗净他人的污浊，有容清纳浊的宽大度量的，是水。

五、汪洋大海，能蒸发为云，变成雨、雪，或化而为雾，又或凝结成一面如晶莹明镜的冰，不论其变化如何，仍不失其本性的，也是水。

这“水五则”也就是“水的五德”，是值得参究的，我们每天要用很多水，有没有想过水是什么？要怎样来做水的学习呢？

要学习水，我们要做能推动别人的、常探求自己方向的、以百倍力量通过障碍的、有容清纳浊度量的、永不失本性的人。

要学习水，先要如水一样清净、无碍才行。

茶味

我时常一个人坐着喝茶，同一泡茶，在第一泡时苦涩，第二泡时甘香，第三泡时浓沉，第四泡时清冽，第五泡时清淡，再好的茶，过了第五泡就失去味道了。

这泡茶的过程时常令我想起人生，青涩的少年，香醇的青年，沉重的中年，回香的壮年，以及愈走愈淡、逐渐失去人生之味的老年。

我也时常与人对饮，最好的对饮是什么话都不说，只是轻轻地品茶；次好的是三言两语；再次好的是五言八句，说着生活的近事；末好的是七嘴八舌、言不及义；最坏的是乱说一通，道别人是非。

与人对饮时常令我想起，生命的境界的确是超越言语的，在有情的心灵中不需要说话，也可以互相印证。喝茶中有水深波静、流水喧喧、花红柳绿、众鸟喧哗、车水马龙种种境界。

我最喜欢的喝茶，是在寒风冷肃的冬季，夜深到众音沉默之际，独自在清静中品茗，杯小茶浓，一饮而尽，两手握着已空的杯子，还感觉到茶在杯中的热度，热，迅速地传到心底。

犹如人生苍凉历尽之后，中夜观心，看见并且感觉，少年时沸腾的热血，仍在心口。

白雪少年

我小学时代使用的一本国语字典，被母亲细心地保存了几十年，最近才从母亲的红木书柜里找到。那本字典被小时候粗心的手指扯了许多页，大概是拿去折纸船或飞机了，现在怎么回想都记不起来，由于有那样的残缺，更使我感觉到一种任性的温暖。更惊奇的发现是，在翻阅这本字典时，找到一张已经变了颜色的“白雪公主泡泡糖”的包装纸，那是一张长条的鲜黄色纸，上面用细线印了一个白雪公主的面相，如今看起来，公主的图样已经有一点粗糙简陋了。至于如何会将白雪公主泡泡糖的包装纸夹在字典里，更是无从回忆。到底是在上国语课时偷偷吃泡泡糖夹进去的，还是有意保存了这张包装纸呢？翻遍国语字典也找不到答案。记忆仿佛自时空遁去，了无痕迹了。唯一记得的倒是那一种旧时乡间十分流行的泡泡糖，是粉红色长方形十分粗大的一块，一块五毛钱。对于长在乡间的孩子，那时的五毛钱非常昂贵，是两天的零用钱，常常要咬紧牙根才买得起一块，一嚼就是一整天，吃饭的时候把它吐在玻璃纸上包起，等吃过饭再放到口里嚼。父亲看到我们那么不舍得一块泡泡糖，常生气地说："那泡泡糖是用脚踏车坏掉的轮胎做成的，还嚼得那么带劲儿！"记得我还傻气地问过父亲："是用脚踏车轮胎做的？怪不得那么贵！"惹得全家人笑得喷饭。

说是"白雪公主泡泡糖"，应该是可以吹出很大气泡的，却不尽然。吃那泡泡糖多少靠运气，记得能吹出气泡的大概五块里才有一块，许多是硬到吹弹不动，更多的是嚼起来不能结成固体，弄得一嘴糖沫，赶紧吐掉，坐着伤心半天。我手里的这一张可能是一块能吹出大气泡的泡泡糖包装纸，否则怎么会小心翼翼地夹起来做纪念呢？我小时候并不是那种很乖的孩子，常常为要不到两毛钱的零用就赖在地上打滚，然后一边打滚一边偷看母亲的脸色，直到母亲被我搞烦了，拿到零用钱，我才欢天喜地地跑到街上去，或者就这样去买了一个"白雪公主"，然后就嚼到天黑。长大以后，再也没有在店里看到过"白雪公主泡泡糖"，都是细致而包装精美的一片一片的"口香糖"；每一片都能嚼成形，每一片都能吹出气泡，反而没有像幼年一样能体会到买泡泡糖靠运气的心情。偶尔看到口香糖，还会想起童年，想起嚼“白雪公主”的滋味，但也总是一闪即逝，了无踪迹。直到看到国语字典中的包装纸，才坐下来很认真地想起“白雪公主泡泡糖”的种种。如果现在还有那样的工厂，恐怕不再是用脚踏车轮胎制造，可能是用飞机轮子了——我这样游戏地想着。那一本母亲珍藏了十几年的国语字典，薄薄的一本，里面缺页的缺页、涂抹的涂抹，对我已毫无用处，只剩下纪念的价值。那一张泡泡糖的包装纸，整整齐齐，毫无损毁，却珍藏了一段十分快乐的记忆，使我想起真如白雪一样无瑕的少年岁月，因为它那样白那样纯洁，几乎所有的事物都可以涵容。

那些岁月虽在我们的流年中消逝，但借着非常非常微小的事物，往往一勾就是一大片，仿佛是草原里的小红花，先是看到了那朵红花，然后发现了一整片大草原，红花可能凋落，而草原却成为一个大的背景，我们就在那背景里成长起来。那朵红花不只是“白雪公主泡泡糖”，可能是深夜里巷底按摩人的悠长的笛声，可能是收破铜烂铁老人沙哑的叫声，也可能是夏天里卖冰激凌小贩的喇叭声……有一回我重读小学时看过的《少年维特之烦恼》，书里就曾夹着用歪扭字体写成的纸片，只有七个字：“多么可怜的维特！”其实当时我哪里知道歌德，只是那七个字，让我童年伏案的身影整个显露出来，那身影可能和维特是一样纯情的。有时候我不免后悔童年留下的资料太少，常想：“早知道，

唯有怀着感恩与菩提，才能使我们清和柔软。

我不会把所有的笔记簿卖给收破烂的老人。”可是如果早知道，我就不是纯净如白雪的少年，而是一个多虑的少年了。那么丰富的资料原也不宜留录下来，只宜在记忆里沉潜，在雪泥中找到鸿爪，或者从鸿爪中体会那一片雪。这样想时，我就特别感恩母亲。因为在我无知的岁月里，她比我更珍视我所拥有过的童年，在她的照相簿里，甚至还有我穿开裆裤的照片。那时的我，只有父母有记忆，对我是完全茫然了，就像我虽拥有“白雪公主泡泡糖”的包装纸，那块糖已完全消失，只留下一点甜意——那甜意竟也有赖母亲爱的保存。

宁愿做傻瓜

从前有一个禅师叫作“无相大师”。无相大师给弟子开示的时候，常常跟他们说：“修行就是要宁愿做傻瓜，要有傻瓜的精神才可能证悟，才有可能开悟。”

因为常常讲，所有的弟子都已经记住了：“师父常常说宁做傻瓜。”

有一天突然下大雨，庙里漏雨漏得稀里哗啦，大师大声叫弟子赶快来接雨，但是很多弟子不在，只剩两个，听到师父叫，赶快拿了桶来接雨。

一个弟子拿一个很小的桶子冲出来。无相大师看了就说：“雨下得那么厉害，漏了好几个地方，只拿了一个这么小的桶子，真是傻瓜。”这个弟子就很不高兴，心想：“匆匆忙忙跑出来接雨，结果师父还骂我傻瓜。”

第二个徒弟因为太紧张了，拿了一个竹篓子冲出来，要接雨的时候呆住了。无相大师心里想：“怎么傻成这样？怎么有这么傻的徒弟？”就很不高兴地骂他说：“你真的是个大傻瓜！”这个弟子一听，非常开心，心想：“师父一直都在鼓励我们要做傻瓜，现在竟然说我是个大傻瓜，这一定是在赞叹我了不起。”这样起了欢喜心，心开意解，得到了开悟。这个弟子究竟开悟到了什么呢？

大概可以从两个角度来看：第一，打破分别心。当我们听到别人批评我们的语言的时候，我们可以生气、不开心，我们也可以不生气，宁可做傻瓜，很开心，就像我们看到一个碗，可以想：“这个碗很漂亮，可惜破了一个洞。”但也可以反过来想：“这个碗虽然破了一个洞，但还是很漂亮！”

第二，从悟的境界来讲，傻瓜可能比较容易得到开悟，傻瓜并不是真傻，而是在生活里面没有心机，保持在一种纯然的状态。

我们不要对人生有那么多的计较，因为这个计较和分别，正好是阻碍我们开悟，或者认识人生真价值的东西，如果我们可以学习赤子，宁做傻瓜，那么我们就会生起单纯的心。

就像我们修行，每天都花时间在那儿叨叨念念，是在做什么？整天在那儿打坐，是要干什么？这在别人看起来是没有价值的，如果你打坐一小时，给你一百元，你就觉得很有价值，但是不能这样子来衡量，因为这世间许多东西是无价的！

我们看到街上那些智障或者智力比较差的人，他们是非常单纯、非常纯净的。我们通常没有那么纯净，因为我们是聪明人，聪明人就是比较执着于“有”的人，要做一件事，一定要有效果，如果三天没有效果就换一件事情做。通常都比较实际，比较现实，比较会算计，比较会营谋，这样的人叫“聪明人”。因此聪明人的生活被塞得满满的，他没有心灵空间，他每天都在算，做这件事可以赚多少钱，明天加起来就赚多少钱，他永远不会做赔钱的生意。

但是修行要反其道而行，修行要保持内在的空间，在世人都迷乱的时代，我们在心里清明就好，外表上宁可做傻瓜。

四随

随喜

在通化街入夜以后，常常有一位乞者，从阴暗的街巷中冒出来。

乞者的双腿齐根而断，他用包着棉布的厚厚手掌走路。他双手一撑，身子一顿就腾空而起，然后身体向一尺前的地面扑跌而去，用断腿处点地，挫了一下，双手再往前撑。

他一走路几乎是要惊动整条街的。

因为他在手腕的地方绑了一个小铝盆，那铝盆绑的位置太低了，他一“走路”，就打到地面咚咚作响，仿佛是在提醒过路的人，不要忘了把钱放在他的铝盆里面。

大部分人听到咚咚的铝盆声，俯身一望，看到时而浮起、时

我买玉兰花的时候，感觉上，是买一瓣心香。

而顿挫的身影，都会发出一声惊诧的叹息。但是，大部分的人，叹息一声，就抬头仿佛未曾看见什么的走过去了，只有极少极少的人，怀着一种悲悯的神情，给他很少的布施。

人们的冷漠和他的铝盆声一样令人惊诧！不过，如果我们再仔细看看通化夜市，就知道再悲惨的形影，人们也已经见惯了。短短的通化街，就有好几个行动不便、肢体残缺的人在卖奖券，有一位点油灯弹月琴的老人盲妇，一位头大如斗、四肢萎缩瘫在木板上的孩子，一位软脚全身不停打摆的青年，一位口水像河流一般流淌的小女孩，还有好几位神志纷乱、来回穿梭、终夜胡言的人……这些景象，使人们因习惯了苦难而逐渐把慈悲盖在一个冷漠的角落。

那无腿的人是通化街里落难的乞者之一，不会引起特别的注意，因此他的铝盆常常是空着的。他为了引起人们的注意，有时故意来回迅速地走动，一浮一顿，一顿一浮……有时候站在街边；听到那急促敲着地面的铝盆声，可以听见他心底多么悲切的渴盼。

他经常戴着一顶斗笠，灰黑的，有几茎草片翻卷了起来，我们站着往下看，永远看不见他脸上的表情，只能看到那有些破败的斗笠。

有一次，我带孩子逛通化夜市，忍不住多放了一些钱在那游动的铝盆里，无腿者停了下来，孩子突然对我说：“爸爸，这没有脚的伯伯笑了，在说谢谢！”这时我才发现孩子站着的身高正与无腿的人一般高，想是看见他的表情了。无腿者听见孩子的话，抬起头来看我，我才看清他粗黑的脸，整个被风霜腌渍，厚而僵硬，是长久没有使用过表情的那种。后来，他的眼睛和我的眼睛相遇，我看见了这一直在夜色中被淹没的眼睛，透射出一种温暖的光芒，仿佛在对我说话。

在那一刻，我几乎能体会到他的心情，这种心情使我有着悲痛与温柔交错的酸楚，然后他的铝盆又响了起来，向街的那头响过去，我的胸腔就随他顿挫顿浮的身影而摇晃起来。

我呆立在街边，想着，在某一个层次上，我们都是无脚的人，如果没有人与人之间的温暖与关爱，我们根本就没有力量走路，不管在任何时候、任何地方，我们见到了令我们同情的人而行布施之时，我们等于在同情自己，同情我们生在这苦痛的人间，同情一切不能离苦的众生。倘若我们的布施使众生得一丝喜悦温暖之情，这布施不论多少就有了动人的质地，因为众生之喜就是我们之喜，所以佛教里把布施、供养称为“随喜”。

这随喜，有一种非凡之美，它不是同情，不是悲悯，而是众生喜而喜，就好像在连绵的阴雨之间让我看见一道精灿的彩虹升起，不知道阴雨中有彩虹的人就不会有随喜的心情，因为我们知道有彩虹，所以我们布施时应怀着感恩，不应稍有轻慢。

我想起经典上那伟大的、充满庄严的维摩诘居士，在一个动人的聚会上，有人供养他精美无比的璎珞，他把璎珞分成两份，一份供养难胜如来佛，一份布施给聚会里最卑下的乞者，然后他用一种威仪无匹的声音说：“若施主等心施一最下乞人，犹如如来福田之相，无所分别，等于大悲，不求果报，是则名曰具足法施。”

他甚至警策地说，那些在我们身旁一切来乞求的人，都是住于不可思议解脱菩萨境界的菩萨来示现的，他们是来考验我们的悲心与菩提心，使我们从世俗的沦落中超拔出来。我们若因乞求而布施来植福德，我们自己也只是个乞求的人，我们若看乞者也是菩萨，布施而怀恩，就更能使我们走出迷失的津渡。

我们布施时应怀着最深的感恩，感恩我们是布施者，而不是乞求的人：感恩那些秽陋残疾的人，使我们警醒，认清这是不完满的世界，我们也只是一个不完满的人。

我想，怀着同情、怀着悲悯，甚至怀着苦痛、怀着鄙夷来注视那些需要关爱的人，那不是随喜，唯有怀着感恩与菩提，才能使我们清和柔软，才是真随喜。

随业

打开孩子的饼干盒子，在角落的地方看到一只蟑螂。

那蟑螂静静地伏在那里，一动也不动，我看着这只见到人不逃跑的蟑螂而感到惊诧的时候，突然看见蟑螂的前端裂了开来，探出一个纯白色的头与触须，接着，它用力挣扎着把身躯缓缓地蠕动出来，那么专心，那么努力，使我不敢惊动它，静静地蹲下来观察它的举动。

这蟑螂显然是要从它破旧的躯壳中蜕变出来，它找到饼干盒的角落脱壳，一定认为这是绝对的安全之地，不想被我偶然发现，不知道它的心里有多么心焦。可是再心焦也没有用，它仍然要按照一定的程序，先把头伸出，把脚小心地一只只拔出来，一共花了大约半小时的时间，蟑螂才完全从它的壳里用力走出来，那最后一刻真是美，是石破天惊的，有一种纵跃的姿势。我几乎可以听见它喘息的声音，它也并不立刻逃走，只是用它的触须小心翼翼地探着新的空气、新的环境。

新出壳的蟑螂引起我的叹息，它是纯白的，几近于没有一丝杂质，它的身体有白玉一样半透明的精纯的光泽。这日常引起我们厌恨的蟑螂，如果我们把所有对蟑螂既有的观感全部摒除，我们可以说那蟑螂有着非凡的惊人之美，就如同是草地上新蜕出的翠绿色的草蝉一样。

当我看到被它脱除的那污迹斑斑的旧壳，我觉得这初钻出的白色小蟑螂也是干净的，对人没有一丝害处。对于这纯美干净的蟑螂，我们几乎难以下手去伤害它的生命。

后来，我养了那蟑螂一小段时间，眼见它从纯白变成灰色，再变成灰黑色，那是转瞬间的事了。随着蟑螂的成长，它慢慢地从安静的探触而成为鬼头鬼脑的样子，不安地在饼干盒里骚爬，一见到人或见到光，它就焦急不安地想要逃离那个盒子。

最后，我把它放走了，放走的那一天，它迅速从桌底穿过，往垃圾桶的方向遁去了。

接下来好几天，我每次看到德国种的小蟑螂，总是禁不住地想，到底这里面哪一只是我曾看过它美丽的面目、被我养过的那只纯白的蟑螂呢？我无法分辨，也无须去分辨，因为在满地乱爬的蟑螂里，它们的长相都一样，它们的习气都一样，它们的命运也是非常类似的。

它们总是生活在阴暗的角落，害怕光明的照耀，它们或在阴沟，或在垃圾堆里度过它们平凡而肮脏的一生，假如它们跑到人的家里，等待它们的是克蟑、毒药、杀虫剂、诱捕它们的蟑螂屋以及随时踩下的巨脚、擎空打击的拖鞋，这些使它们在一击之下尸骨无存。

这样想来，生为蟑螂是非常可悲而值得同情的，它们是真正的“流浪生死，随业浮沉”。这每一只蟑螂是从哪里来投生的呢？它们短暂的生死之后，又到哪里去流浪呢？它们随业力的流转到什么时候才会终结？为什么没有一只蟑螂能维持它初生时纯白、干净的美丽呢？

这无非都是业。

唯有怀着感恩与菩提，才能使我们清和柔软，才是真随喜。

缘是随愿而生的，有愿就会有缘，没有愿望，就算是有缘的人也会错身而过。

无非是一个不可知的背负。

我们拼命保护那些濒临绝种的美丽动物，那些动物还是绝种了。我们拼命创造各种方法来消灭蟑螂，蟑螂却从来没有减少，反而增加。

这也是业，美丽的消失是业，丑陋的增加是业，我们如何才能从业里超拔出来呢？从蟑螂，我们也看出了某种人生。

随顺

在和平西路与重庆南路交叉口的地方，每天都有卖玉兰花的人，他们不只在天气晴和的日子出来卖玉兰花，有时在大风雨的日子，他们也出来卖玉兰花。

卖玉兰花的人里，有两位中年妇女，一胖一瘦；有一位消瘦肤黑的男子，怀中抱着幼儿；有两个小小的女孩，一个十岁，一个八岁；偶尔，会有一位背有点弯的老先生，和一位白发苍苍的老妇，也加入贩卖的阵容。

如果在一起卖的人多，他们就和谐地沿着罗斯福路、新生南路扩散，所以有时候沿着和平东西路走，会发现在复兴南路口、建国南路口、新生南路口、罗斯福路口、重庆南路口都是几张熟悉的面孔。

卖花的不管是老人还是孩子，他们都非常和气，端着用湿布盖好以免玉兰花枯萎的木盘子从面前走过，开车的人一摇手，他们绝不会有任何的嗔怒之意，如果把车窗摇下，他们会赶忙站到窗口，送进一缕香气来。在绿灯亮起的时候，他们就站在分界的安全岛上，耐心等候下一个红灯。

我自己就是交通专家所诅咒的那些姑息着卖玉兰花的人，不管是在什么样的路口，遇到任何卖玉兰花的人，我总是忘了交通安全的教训，买几串玉兰花，买到后来，竟认识了罗斯福路、重庆南路口几位卖玉兰花的人。

买玉兰花时，我不是在买那些清新怡人的花香，而是在买那生活里辛酸苦痛的气息。

每回看到卖花的人，站在烈日下默默拭汗，我就忆起我的童年时代为了几毛钱在烈日下卖枝仔冰，在冷风里卖枣子糖的过去，在心里，我可以贴近他们心中的渴盼，虽然他们只是微笑着挨近车窗，但在心底，是多么希望有人摇下车窗，买一串玉兰花。这关系着人间温情的一串花才卖十元，是多么便宜，但便宜的东西并不一定廉价，在冷气车里坐着的人，能不能理解呢？

几个卖花的人告诉我，最常向他们买花的是计程车司机，大概是计程车司机最能理解辛劳奔波的生活是什么滋味，他们对街中卖花者遂有了最深刻的同情；其次是开小车子的人；最难卖的对象是开着豪华进口车、车窗是黑色的人，他们高贵的脸一看到玉兰花贩走近，就冷漠地别过头去。

有时候，人间的温暖和钱是没有关系的，我们在烈日炙烤的街头动了不忍之念，多花十元买一串花，有时在意义上胜过富者为了表演慈悲、微笑照相登上报纸的百万捐输。

不忍？

是的，我买玉兰花时就是不忍看人站在大太阳下讨生活，他们为了激起人的不忍，有时把婴儿也背了出来，有人批评他们把孩子背到街上讨取人的同情是不对的。可是我这样想，当妈妈出来卖玉兰花时，孩子要交给保姆或佣人吗？当我们为烈日暴晒而心疼那个孩子时，难道他的母亲不痛心吗？

遇到有孩子的，我们多买一串玉兰花吧！不要问什么理由。

我是这样深信：站在街头的这群沉默卖花的人，他们如果有更好的事做，是绝对不会到街上来卖花的。

设身处地地为苦恼的人着想，平等地对待他们，这就是“随顺”，我们顺着人的苦难来满足他们的愿，用更大的慈悲和心情让他们不要在窗口空手离去，那不是说我们微薄的钱真能带给卖花的人什么利益，而是说我们因有这慈爱的随顺，使我们的心更澄澈、更柔软，洗涤了我们的污秽。

“一切众生而为树根，诸佛菩萨而为华果，以大悲水饶益众生，则能成就诸佛菩萨智慧华果。”

我买玉兰花的时候，感觉上，是买一瓣心香。

随缘

有一位朋友，她养了一条土狗，狗的左后脚因被车子辗过，成了瘸子。

朋友是在街边看到这条小狗的，那时小狗又脏又臭，在垃圾堆里捡拾食物，朋友是个慈悲的人，就把它捡了回来。按照北方习俗，名字越俗贱的孩子越容易养，朋友就把那条小狗正式命名为“小瘸子”。

小瘸子原是人见人恶的街狗，到朋友家以后就显露出它如金玉一般的一些美质。它原来是一条温柔、听话、干净、善解人意的小狗，只是因为生活在垃圾堆，它的美丽一直未被发现吧。它的外表除了有一点土，其实也是不错的，它的瘸，到后来反而是惹人喜爱的一个特点，因为它不像平常的狗乱纵乱跳，倒像一个温顺的孩子，总是优雅地跟随它美丽的女主人散步。

朋友对待小瘸子也像对待孩子一般，爱护有加，由于她对一条瘸狗的疼爱，在街闾中的孩子都唤她“小瘸子的妈妈”。

小瘸子的妈妈爱狗，不仅孩子知道，连狗们也知道，她有时在外面散步，巷子里的狗都跑来跟随她，并且用力地摇尾巴，到后来竟成为一种极为特殊的景观。

小瘸子慢慢长大，成为人见人爱的狗，天天都有孩子专程跑来带它去玩，天黑的时候再带回来。由于爱心，小瘸子竟成为巷子里最得宠的狗，任何名种狗都不能和它相比。也因为它的得宠，有人以为它身价不凡，一天夜里，小癞子被抱走了，朋友和她的小女儿伤心得就像失去一个孩子。巷子里的孩子也惘然失去最好的玩伴。

两年以后，朋友在永和一家小面摊上认出了小癞子，它又恢复在垃圾堆的日子，守候在桌旁捡拾人们吃剩的肉骨。

小癞子立即认出它的旧主人，人狗相见，忍不住相对落泪，那小癞子流下的眼泪竟滴到地上。

朋友把小癞子带回家，整条巷子因为小癞子的回家而充满了喜庆的气息。这两年间小癞子的遭遇是不问可知的，一定受过不少折磨，但它回家后又恢复了往日的神采。过了不久，小癞子生了一窝小狗，生下的那天就全被预约，被巷子里甚至远道而来的孩子们所领养。

做过母亲的小癞子比以前更乖巧而安静了，有一次我和朋友去买花，它静静地跟在后面，不肯回家，朋友对它说了许多哄小孩一样的话，它才脉脉含情地转身离去。从那次以后，我再也没有看见过小癞子了，它是被偷走了呢？还是自己离家而去？或是被捕狗队的人所逮捕？没有人知道。

朋友当然非常伤心，却不知道在什么时候、什么地点可以再与小癞子会面。朋友与小癞子的缘分是怎么来的呢？是随着前世的因缘，或是开始在今生的会面？

一切都未可知。

但我的朋友坚信总有一天能与小瘸子再度相逢，她美丽的眼睛望着远方说：“人家都说随缘，我相信缘是随愿而生的，有愿就会有缘，没有愿望，就算是有缘的人也会错身而过。”

飞入芒花

母亲蹲在厨房的大灶旁边，手里拿着柴刀，用力劈砍香蕉树多汁的草茎，然后把剁碎的小茎丢到灶中大锅里，与馊水同熬，准备用来喂猪。

我从大厅迈过后院，跑进厨房时正看到母亲额上的汗水反射着门口射进的微光，非常明亮。

“妈，给我两角。”我靠在厨房的木板门上说。

“走！走！走！没看到现在没闲吗？”母亲头也没抬，继续做她的活儿。

“我只要两角钱。”我细声但坚定地说。

“要做什么？”母亲被我这异乎寻常的口气触动，终于看了我一眼。

永远保持不及。

我的母亲是这个世界上无数的平凡人之一，

却也是这个世界上无数伟大的母亲之一。

“我要去买金啖。”金啖是三十年前乡下孩子唯一能吃到的糖，浑圆的，坚硬的糖球上面粘了一些糖粒。一角钱两粒。

“没有钱给你买金啖。”母亲用力地把柴刀剁下去。

“别人都有？为什么我们没有？”我怨愤地说。

“别人是别人，我们是我们，没有就是没有，别人做皇帝，你怎么不去做皇帝！”母亲显然动了肝火，用力地剁香蕉茎块，柴刀砍在砧板上咚咚作响。

“做妈妈是怎么做的？连两角钱买金啖都没有？”

母亲不再作声，继续默默工作。

我那一天是吃了秤砣铁了心，脱口而出：“不管，我一定要！”说着就用力地踢厨房的门板。

母亲用尽力气，柴刀“咔”的一声站立在砧板上，顺手抄起一根生火的竹管，气急败坏地一言不发，劈头盖脸就打了下来。

我一转身，飞也似的蹦了出去，平常，我们一旦惹怒了母亲，只要一溜烟跑掉，她就不再追究，所以只要母亲一发火，我们总是一口气跑出去了。

那一天，母亲大概是气极了，并没有转头继续工作，反而快速地追了出来。我正好奇的时候，发现母亲的速度异乎寻常地快，几乎像一阵风一样，我心里升起一种恐怖的感觉，想到脾气一向很好的母亲，这一次大概是真生气了，万一被抓到一定会被狠狠打一顿。母亲很少打我们，但只要她动了手，必然会把我们打到讨饶为止。

边跑边想，我立即选择了那条火车路的小径，那是家附近比较复杂而难走的小路，整条都是枕木，铁轨还通过旗尾溪，悬空架在上面，我们天天都在这里玩耍，路径熟悉。通常母亲追我们的时候，我们就选这条路跑，母亲往往不会追来，而她也很少把气生到晚上，只要晚一点回家，让她担心一下，她气就消了，顶多也只是数落一顿。

那一天真是反常极了，母亲提着竹管，快步地跨过铁轨的枕木追过来，好像不追到我不肯罢休。我心里虽然害怕，却还是有恃无恐，因为我的身高已经长得快与母亲平行了，她即使用尽全力也追不上我，何况是在火车路上。

我边跑还边回头望母亲，母亲脸上的表情是冷漠而坚决的，我们一直维持着二十几米的距离。

"哎哟！"我跑过铁桥时，突然听到母亲惨叫一声，一回头，正好看到母亲扑跌在铁轨上面，噗的一声，显然跌得不轻。

我的第一个反应是：一定很痛！因为铁轨上铺的都是不规则的石子，我们这些小骨头跌倒都痛得半死，何况是母亲？

我停下来，转身看母亲，她一时爬不起来，用力搓着膝盖，我看到鲜血从她的膝上汩汩流出，鲜红色的，非常鲜明。母亲咬着牙看着我。

我不假思索地跑回去，跑到母亲身边，用力扶她站起来，看到她腿上的伤势实在不轻，我跪下去说：“妈，您打我吧！我错了。”

母亲把竹管用力地丢在地上，这时，我才看见她的泪从眼中急速地流出，然后她把我拉起来，用力抱着我，我听到火车从很远很远的地方开过来。

我用力拥抱着母亲说：“我以后再也不敢了。”

这是我小学二年级时的一幕，每次一想到母亲，那情景就立即回到我的心里，重新显影。我记忆中的母亲，那是她最生气的一次。其实母亲是个很温和的人，最不同的一点是，她从来不埋怨生活，很可能她心里是埋怨的，但她嘴里从不说出，我这辈子也没听她说过一句粗野的话。

因此，母亲是比较倾向于沉默的，她不像一般乡下的妇人喋喋不休。这可能与她的教育和个性都有关系。在母亲的那个年代，她算是幸运的，因为受到初中的教育，日据时代的乡间能读到初中已算是知识分子了，何况是个女子。在我们那方圆几里内，母亲算是知识丰富的人，而且她写得一手娟秀的字，这一点是我小时候常引以为傲的。

我的基础教育都来自母亲，很小的时候她就把《三字经》写在日历纸上让我背诵，并且教我习字。我如今写得一手好字就是受到她的影响，她常说：“别人从你的字里就可以看出你的为人和性格了。”

早期的农村，一般孩子的教育都落在母亲的身上，因为孩子多，父亲光是养家已经没有余力教育孩子。我们很幸运，有一位明理的、有知识的母亲。这一点，我的姐姐体会得更深刻，她考上大学的时候，母亲力排众议对父亲说："再苦也要让她把大学读完。"在二十年前的乡间，让女孩子去读大学是需要很大的决心与勇气的。

母亲的父亲——我的外祖父——在他居住的乡里是颇受敬重的士绅，日据时代在政府机构任职，又兼营农事，是典型的耕读传家的知识分子，他连续拥有了八个男孩，晚年才生下母亲，因此，母亲的童年与少女时代格外受到钟爱，我的八个舅舅时常开玩笑地说："我们八个兄弟合起来，还比不上你母亲受的宠爱。"

母亲嫁给父亲是"半自由恋爱"，由于祖父有一块田地在外祖父家旁，父亲常到那里去耕作，有时借故到外祖父家歇脚喝水，就与母亲相识，互相间谈几句，生起一些情意。后来祖父央媒人去提亲，外祖父见父亲老实可靠，勤劳能负责任，就答应了。

父亲提起当年为了博取外祖父母和舅舅们的好感，时常挑着两百多公斤的农作物在母亲家前来回走过，才能顺利娶回母亲。

其实，父亲与母亲在身材上不是十分相配的，父亲是身高一米八的巨汉，母亲的身高只有一米五，相差达三十厘米。我家有一幅他们的结婚照，母亲站着到父亲耳际，大家都觉得奇怪，问起来，才知道宽大的婚纱礼服里放了一个圆凳子。

母亲是嫁到我们家才开始吃苦的，我们家的田原广大、食指浩繁，是当地少数的大家族。母亲嫁给父亲的头几年，大伯父、二伯父相继过世，大伯母也随之去世，家外的事全由父亲撑持，家内的事则由二伯母和母亲负担，一家三十几口的衣食，加上养猪饲鸡，辛苦与忙碌可以想见。

我印象里还有几幕影像鲜明的静照，一幕是母亲以蓝底红花背巾背着我最小的弟弟，用力撑着猪栏要到猪圈里去洗刷猪的粪便。那时母亲连续生了我们六个兄弟姐妹，家事操劳，身体十分瘦弱。我小学一年级，小弟一岁，我常在母亲身边跟进跟出，那一次见她用力撑着跨过猪圈，我第一次体会到母亲的辛苦而落下泪来，如今那条蓝底红花背巾的图案还时常浮现出来。

另一幕是，有时候家里缺乏青菜，母亲会牵着我的手，穿过家前的一片菅芒花，到番薯田里去采番薯叶，有时候则到溪畔野地去摘鸟莘菜或芋头的嫩茎。有一次母亲和我穿过芒花的时候，我发现她和新开的芒花一般高。芒花雪一般的白，母亲的发墨一般的黑，真是非常美。那时感觉到能让母亲牵着手，真是天下最幸福的事。

还有一幕是，大弟因小儿麻痹死去的时候，我们都忍不住大声哭泣，唯有母亲以双手掩面悲号，我完全看不见她的表情，只见到她的两道眉毛一直在那里抽动。依照习俗，死了孩子的父母在孩子出殡那天，要用拐杖击打棺木，以责备孩子的不孝，但是母亲坚持不用拐杖，她只是扶着弟弟的棺木，默默地流泪，母亲那时的样子，到现在在我心中还鲜明如昔。

还有经常上演的一幕，是父亲到外面去喝酒彻夜未归，如果是夏日的夜晚，母亲就会搬个藤椅坐在晒谷场说故事给我们听，讲虎姑婆或者孙悟空，讲到孩子们都睁不开眼睛而倒在地上睡着。

有一回，她说故事到一半，突然叫起来说："呀！真美。"我们回过头去，原来是我们家的狗互相追逐着跑进前面那一片芒花，栖在芒花里无数的萤火虫哗然飞起，满天星星点点，衬着在月光下波浪一样摇曳的芒花，真是美极了，美得让我们都呆住了。我再回头，看到那时才三十岁的母亲，脸上流露着欣悦的光泽，在星空下，我深深觉得母亲是多么美丽，只有那时母亲的美才配得上满天的萤火。

于是那一夜，我们坐在母亲身侧，看萤火虫一一飞入芒花，最后，只剩下一片宁静优雅的芒花轻轻摇动。父亲果然未归，远处的山头晨曦微微升起，萤火在芒花中消失。

我和母亲的因缘也不可思议，她生我的那天，父亲急急跑出去请产婆来接生，产婆还没有来的时候我就出生了，是母亲拿起床头的剪刀亲手剪断我的脐带，使我顺利地投生到这个世界。

年幼的时候，我是最令母亲操心的一个，她为我的病弱不知道流了多少泪，在我得急病的时候，她抱着我跑十几里路去看医生是常有的事。尤其在大弟死后，她对我的照顾更是无微不至，我今天能有很棒的身体，是母亲在十几年间仔细调护的结果。

我的母亲是这个世界上无数的平凡人之一，却也是这个世界上无数伟大的母亲之一，她是那样传统，有着强大的韧力与耐力，才能从艰苦的农村生活过来，丝毫不怀忧怨恨，她们那一代的生活目标非常单纯，只是顾着丈夫、照护儿女，几乎从没有想过自己的存在。在我的记忆中，母亲的忧病都是因我们而起，她的快乐也是因我们而起。

不久前，我回到乡下，看到旧家前的那一片芒花已经完全不见了，盖起一间一间的透天厝。现在那些芒花呢？仿佛都飞来开在母亲的头上，母亲的头发已经花白了，我想起母亲年轻时候走过芒花的黑发，不禁百感交集。尤其是父亲过世以后，母亲显得更孤单了，头发也更白了，这些，都是她把半生的青春拿来抚育我们的代价。

童年时代，陪伴母亲看萤火虫飞入芒花的星星点点，在时空无常的流变里也不再有了，只有当我望见母亲的白发时才想起这些，想起萤火虫如何从芒花中哗然飞起，想起母亲脸上突然绽放的光泽，想起在这广大的人间，我唯一的母亲。

谦卑心

一

谦卑比慈悲更难。

慈悲是把众生当成自己的子女，从心底生起自然的慈爱与关怀。

谦卑是把众生当成自己的父母，从心底生起自然的尊崇与敬爱。

我们知道，无条件地爱子女是容易的，无条件地敬父母则很少人可以做到。

所以，谦卑比慈悲更难。

二

通常，我们对身份、地位、权势比我们高的人，容易生起谦卑之念，不易生起悲悯的心。

反而，我们对身份、地位、权势比我们低的人，容易生起悲悯之念，不易生起谦卑的心。

这是我们的我执未破，在人中有了高低。

修行的人应该训练自己，对众人敬畏、位高权重的人，发起悲悯；对地位卑微、生活困顿的人，生起谦卑。

有名利地位的人不是也很值得同情悲悯吗？

没有名利地位的人不是也很值得感恩尊敬吗？

对富贵豪强的人悲悯很难，对贫贱残弱者的谦卑更难。

三

悲悯使我们心胸宽广，善于包容；谦卑令我们人格高洁，善于感恩。

慈悲是由感恩而生的，感恩则源于真正的谦卑，骄傲的人是不懂得感恩的，而由于感恩，我们才可以无憾地喜舍。这是四无量心慈、悲、喜、舍的发起，谦卑的感恩是其中的要素。

有一位伟大的噶丹巴上师教导我们，思考某些因果关系，来发展我们的四无量心，这思考的方法是：

我必须成佛，是第一要务。

我必须发菩提心，这是成佛的因。

悲是发菩提心的因。

慈是悲的因。

受恩不忘是慈的因。

体认众生皆我父母，这个事实是不忘恩的因。

我必须体认这一点！

首先，我必须念念不忘今世母亲的恩，而观想慈。

然后，我必须扩大这种态度，以包括所有还活着的众生。

透过这种思考，我们可以愉快地观想，不断地念：

当我愉快时，

愿我的功德流入他人！

愿众生的福泽充满天空！

当我不愉快时，

愿众生的烦恼都变成我的！

愿苦海干涸！

我们的观想可以得到真实的谦卑，谦卑乃是感恩，感恩乃是慈悲，慈悲乃是菩提！

四

谦卑就是谦虚，还有卑微。

谦虚要如广大的天空，有蔚蓝的颜色，能容受风云日月，不会被雷电乌云遮蔽，而失去其光明。

卑微要如无边的大地，有翠绿的光泽，能承担雨露花树，不会被污秽垃圾沉埋，而失去其生机。

谦虚的天空不会因破坏而嗔恨，卑微的大地不致因践踏而委屈。

永远不生起嗔恨、不感到委屈，是真实的谦卑。

五

我一向不愿穿戴昂贵的服饰，不愿拥有名牌，因为深感自己没有那样名贵。

我一向不喜出入西装革履、衣香鬓影的场合，因为深感自己没有那样高级。

我要谦虚卑微一如山上的一株野草。

谦卑的野草自在地生活于大地，但野草也有高贵的自尊，顺着野草的方向看去，俯视这红尘大地，会看见名贵高级的人住在拥挤的大楼，只有一个小的窗口。

我不要人人都看见我，但我要有自己的尊严。

六

一株野草、一朵小花都是没有执着的。

它们不会比较自己是不是比别的花草美丽，它们不会因为自己要开放就禁止别人开放。

它们不取笑外面的世界，也不在意世界的嘲讽。

谦卑的心是宛如野草、小花的心。

七

宋朝的高僧佛果禅师，在担任舒州太平寺住持时，他的师父五祖法演给了他四个戒律：

一、势不可使尽——势若用尽，祸一定来。

二、福不可受尽——福若受尽，缘分必断。

三、规矩不可行尽——若将规矩行尽，会予人麻烦。

四、好话不可说尽——好话若说尽，则流于平淡。

这四戒比“过犹不及”还深奥，它的意思是“永远保持不及”，不及就是谦卑的态度。

高傲的人常表现出“大愚若智”，谦卑的人则是“大智若愚”。

八

南泉普愿禅师将圆寂的时候，首座弟子问道：“师父百年后，向什么处去？”

他说：“山下作一头水牯牛去。”

弟子说：“我随师父一起去。”

禅师说：“你如果想随我去，必须衔一茎草来。”

在举世滔滔求净土的时代，愿做一头山下的水牛，这是真正的谦卑。

九

释迦牟尼佛在行菩萨道时，曾在街上对他见到的每一个众生礼拜，即使被喝骂棒打也不停止，只因为他相信众生都是未来佛，众生都可以成佛。

我们做不到那样，但至少可以在心里做到对众生尊敬顶礼，做到印光大师说的：“看人人都是菩萨，只有我是凡夫。”

是的，只有我是凡夫，切记。

十

我愿，常起感恩之念。

我愿，常生谦卑之心。

我愿，我的谦卑永远向天空与大地学习。

在梦的远方

有时候回想起来，我母亲对我们的期待，并不像父亲那样明显而长远。小时候我的身体差、毛病多，母亲对我的期望大概只有一个，就是祈求我的健康，为了让我平安长大，母亲常背着我走很远的路去看医生，所以我童年时代对母亲留下的第一印象，就是趴在她的背上，去看医生。

我不只是身体差，还常常发生意外，三岁的时候，我偷喝汽水，没想到汽水瓶里装的是“番仔油”（夜里点灯用的臭油），喝了一口顿时两眼翻白，口吐白沫，昏死过去了。母亲立即抱着我以百米冲刺的速度到街上去找医生。那天是大年初二，医生全休假了，母亲急得满眼泪，却毫无办法。

“好不容易在最后一家医馆找到医生，他打了两个生鸡蛋给你吞下去，又有了呼吸，眼睛也睁开了，直到你睁开眼睛，我也在医院昏了过去。”母亲一直到现在，每次提到我喝番仔油，还心有余悸，好像捡回一个儿子。听说那一天她为了抱我看医生，跑了将近十千米。

四岁那一年，我从桌子上跳下时跌倒，撞到母亲的缝纫机铁脚，后脑壳整个撞裂了，母亲正在厨房里煮饭。我自己挣扎着站起来叫母亲，母亲从厨房跑出来。

“那时，你从头到脚全身是血，我看到第一眼，浮起心头的一个念头是：这个囝仔无救了。幸好你爸爸在家，坐他的脚踏车去医院，我抱你坐在后座，一手捏住脖子上的血管，到医院时我也全身是血，立即推进手术房，推出来时你叫了一声妈妈，呀！呀！我的囝仔活了，我的囝仔回来了……我那时才感动得流下泪来。”母亲说这段时，喜欢把我的头发撩起，看我的耳后，那里有一道二十厘米长的疤痕，像蜈蚣盘踞着。听说我摔了那一次后，聪明了不少。

由于我体弱，母亲只要听到什么补药或草药吃了可以使孩子身体好，就会不远千里去求药方，抓药来给我补身体。可能是补得太厉害，我六岁的时候竟得了疝气，时常痛得在地上打滚，哭得死去活来。

“那一阵子，只要听说哪里有先生、有好药，都要跑去看，足足看了两年，什么医生都看过了，什么药都吃了，就是好不了。有一天你爸爸的一个朋友来，说开刀可以治疝气，虽然我们对西医没信心，还是送去开刀了，开一刀，一个星期就好了。早知道这样，两年前就送你去开刀，不必吃那么多的苦。”母亲说吃那么多的苦，当然是指我而言，因为她们那时代的妈妈，从来不会想到自己的苦。

过了一年，我的大弟得小儿麻痹，一星期就过世了，这对母亲是个沉重的打击。由于我和大弟年龄最近，她差不多把所有的爱都转到我的身上，对我的照顾可以说是无微不至，并且在那几年，对我特别溺爱。

例如，那时候家里穷，吃鸡蛋不像现在的小孩可以吃一个，而是一个鸡蛋要切成“四洲”（就是四片）。母亲切白煮鸡蛋有特别的方法，她不用刀子，而是用车衣服的白棉线，往往可以切到四片同样大，然后像宝贝一样分给我们。每次吃鸡蛋，她常背地里多给我一片。有时候很不容易吃到苹果，一个苹果切十二片，她也会给我两片。如果有斩鸡，她总会留一碗鸡汤给我。

可能是母亲的照顾周到，我的身体竟然奇迹似的好起来，变得非常健康，常常两三年都不生病，功课也变得十分好，很少考到第二名。我母亲常说：“你小时候考了第二名，自己就跑到香蕉园躲起来哭，要哭到天黑才回家，真是死脑筋，第二名不是很好了吗？”

但身体好、功课好，母亲并不是就没有烦恼，那时我个性古怪，很少和别的小朋友玩在一起，都是自己一个人玩，有时自己玩一整天，自言自语。即使是玩杀刀，也时常一人扮两角，一正一邪互相对打，而且常常不小心让匪徒打败了警察，然后自己蹲在田岸上哭。幸好那时候心理医生没有现在发达，否则我一定早被送去了。

“那时庄稼囝仔很少像你这样独来独往的，满脑子不知在想什么，有一次我看你坐在田岸上发呆，我就坐在后面看你，那样看了一下午。后来我忍不住流泪，心想：这个孤怪囝仔，长大后不知要给我们变出个什么来，就是这个念头也让我伤心不已。后来天黑，你从外面回来，我问你：‘你一个人坐在田岸上想什么？’你说：‘我在等煮饭花开，等到花开我就回来了。’这真是奇怪，我养一手孩子，从来没有一个坐着等花开的。”母亲回忆着我童年的一个片段，煮饭花就是紫茉莉，总是在黄昏时盛开，我第一次听到它是黄昏开时不相信，就坐一下午等它开。

不过，母亲的担心没有持续太久，因为不久有一个江湖术士到我们镇上，母亲先拿大弟的八字给他排，他一排完就说：“这个孩子已经不在世上了，可惜是个大富大贵的命，如果给一个有权势的人做儿子，就不会夭折了。”母亲听了大为佩服，就拿我的八字去算，算命的说：“这孩子小时候有点怪，不过，长大会做官，至少做到‘省议员’。”母亲听了大为安心，当时在乡下做个“省议员”是很了不起的事，从此她对我的古怪不再介意，遇到有人对她说我个性怪异，她总是说："小时候怪一点没什么要紧。"

偏偏在这个时候，我恢复了正常，小学五六年级我交了好多好多朋友，每天和朋友混在一起，玩一般孩子的游戏，母亲反而担心："哎呀！这个孩子做官无望了。"

我十五岁就离家到外地读书了，母亲因为会晕车，很少到我住的学校看我，我们见面的机会就少了，她常说："出去好像丢掉，回来好像捡到。"但每次我回家，她总是唯恐我在外地受苦，拼命给我吃东西，然后把我的背包塞满东西。我有一次回到学校，打开背包，发现里面有我们家种的香蕉、枣子、一罐奶粉、一包人参、一袋肉松、一包她炒的面茶、一串她绑的粽子以及一罐她亲手腌渍的凤梨竹笋豆瓣酱……还有一些已经忘了。那时觉得东西多到可以开杂货店。

那时我住在学校，每次回家返回宿舍，和我住一起的同学都说是小过年，因为母亲给我准备的东西，我一个人根本吃不完。一直到现在，我母亲还是这样，我一回家，她就把什么东西都塞进我的包包里，就好像台北闹饥荒，什么都买不到一样。有一次我回到台北，发现包包特别重，打开一看，原来母亲在里面放了八罐汽水。我打电话给她，问她放那么多汽水做什么，她说："我要给你们在飞机上喝呀！"

高中毕业后，我离家愈来愈远，每次回家要出来搭车，母亲一定放下手边的工作，陪我去搭车，抢着帮我付车钱，仿佛我还是个三岁的孩子。车子要开的时候，母亲都会倚在车站的栏杆向我挥手，那时我总会看见她眼中有泪光，看了令人心碎。

要写我的母亲是写不完的，我们家五个兄弟姊妹，只有大哥侍奉母亲，其他的都高飞远扬了，但一想到母亲，好像她就站在我们身边。

这一世我觉得没有白来，因为会见了母亲，我如今想起母亲的种种因缘，也想到小时候她说的一个故事：

有两个朋友，一个叫阿呆，一个叫阿土，他们一起去旅行。

有一天来到海边，看到海中有一个岛，他们一起看着那座岛，因疲累而睡着了。夜里阿土做了一个梦，梦见对岸的岛上住了一位大富翁，在富翁的院子里有一株白茶花，白茶花树根下有一坛黄金，然后阿土的梦就醒了。

第二天，阿土把梦告诉阿呆，说完后叹一口气说："可惜只是个梦！"

阿呆听了信以为真，说："可不可以把你的梦卖给我？"阿土高兴极了，就把梦的权利卖给了阿呆。

阿呆买到梦以后就往那个岛上出发，阿土卖了梦就回家了。

到了岛上，阿呆发现那里果然住了一个大富翁，富翁的院子里果然种了许多茶树，他高兴极了，就留下来做富翁的用人，做了一年，只为了等待院子的茶花开。

第二年春天，茶花开了，可惜，所有的茶花都是红色的，没有一株是白茶花。阿呆就在富翁家住了下来，等待了一年又一年，许多年过去了，有一年春天，院子里终于开出一株白茶花。阿呆往白茶花树根掘下去，果然掘出一坛黄金。第二天他辞工回到故乡，成为故乡最富有的人。

卖了梦的阿土还是个穷光蛋。

这是一个日本童话，母亲常说："有很多梦是遥不可及的，但只要坚持，就可能实现。"她自己是个保守传统的乡村妇女，和一般乡村妇女没有两样，不过她鼓励我们要有梦想，并且懂得坚持，光是这一点，使我后来成为作家。作家可能没有做官好，但对母亲是个全新的体验，作为作家的母亲，她对乡人谈起我时，为我小时候的多灾多难、古灵精怪全找到了答案。

第四章

幸福的开关

生命的幸福原来不在于人的环境、人的地位、人所能享受的物质，

而在于人的心灵如何与生活对应。

幸福的开关

一直到现在，我每看到在街边喝汽水的孩童，总会多注视一眼。而每次走进超级市场，看到满墙满架的汽水、可乐、果汁，心里则颇有感慨。

看到这些，总令我想起童年时代想要喝汽水而不可得的景况，在台湾光复不久的那几年，乡间的农民虽不致饥寒交迫，但是想要三餐都吃饱似乎也不太可能，尤其是人口众多的家族，更不要说有什么零嘴饮料了。

我小时候对汽水有一种特别奇妙的向往，原因不在于汽水有多么好喝，而是由于喝不到汽水。我们家是有几十口人的大家族，小孩就有十八个之多，记忆里东西仿佛永远不够吃，更别说是喝汽水了。

喝汽水的机会有三种：一种是喜庆宴会，一种是过年的年夜饭，一种是庙会节庆。即使有汽水，也总是不够喝，到要喝汽水时好像进行一个隆重的仪式，十八个杯子在桌上排成一列，依序各倒半杯，几乎喝一口就光了，然后大家舔舔嘴唇，觉得汽水的滋味真是鲜美。

有一回，我走在街上的时候，看到一个孩子喝饱了汽水，站在屋檐下呕气，“呕——”长长的一声，我站在旁边简直看呆了，羡慕得要死掉，忍不住忧伤地自问道：什么时候我才能喝汽水喝到饱？什么时候才能喝汽水喝到呕气？因为到读小学的时候，我还没有尝过喝汽水喝到呕气的滋味，心想，能喝汽水喝到把气呕出来，不知道是何等幸福的事。

当时家里还点油灯，灯油就是煤油，台语称作“臭油”或“番仔油”。有一次我的母亲把臭油装在空的汽水瓶里，放置在桌脚旁，我趁大人不注意，一个箭步就把汽水瓶拿起来往嘴里灌，当场两眼翻白、口吐白沫，经过医生的急救才活转过来。为了喝汽水而差一点丧命，后来成为家里的笑谈，却并没有阻绝我对汽水的向往。

在小学三年级的时候，有一位堂兄快结婚了，我在他结婚的前一晚竟辗转反侧地失眠了，我躺在床上暗暗地发愿：明天一定要喝汽水喝到饱，至少喝到呕气。

第二天我一直在庭院前窥探，看汽水来了没有。到上午九点多，看到杂货店的人送来几大箱的汽水，堆叠在一处，我飞也似的跑过去，提了两大瓶黑松汽水，就往茅房跑去。彼时农村的厕所都盖在远离住屋几十米之外，有一个大粪坑，几星期才清理一次，我们小孩子平时是很恨进茅房的，卫生问题通常是就地解决，因为里面实在太臭了。但是那一天我早计划好要在里面喝汽水，那是家里唯一隐秘的地方。

我把茅房的门反锁，接着打开两瓶汽水，然后以一种虔诚的心情，把汽水咕嘟咕嘟地往嘴里灌，就像灌蟋蟀一样，一瓶汽水一会儿就喝光了，几乎一刻也不停地，我把第二瓶汽水也灌进腹中。

我的肚子整个胀起来，我安静地坐在茅房地板上，等待着呕气，慢慢地，肚子有了动静，一股沛然莫之能御的气翻涌出来，“呕——”汽水的气从口鼻冒了出来，冒得我满眼都是泪水，我长长地叹了一口气：“这个世界上再也没有比喝汽水喝到呕气更幸福的事了吧！”然后朝圣一般地打开茅房的木栓，走出来，发现阳光是那么温暖明亮，好像从天上回到了人间。

在茅房喝汽水的时候，我忘记了茅房的臭味，忘记了人间的烦恼，觉得自己是世界上最幸福的人，一直到今天我还记得那年叹息的情景，当我重复地说：“这个世界上再也没有比喝汽水喝到呕气更幸福的事了吧！”心里百感交集，眼泪忍不住就要落下来。

贫困的岁月里，人也能感受到某些深刻的幸福，像我常记得添一碗热腾腾的白饭，浇一匙猪油、一匙酱油，坐在“户定”（厅门的石阶）前细细品味猪油拌饭的芳香，那每一粒米都充满了幸福的香气。

有时候这种幸福不是来自食物，我记得当时我们镇上住了一位卖酱菜的老人，他每天下午都会推着酱菜摊子在村落间穿梭。他沿路都摇着一串清脆的铃铛，在很远的地方就可以听见他的铃声。每次他走到我们家的时候，都在夕阳落下之际，我一听见他的铃声就跑出来，看见他浑身都沐浴在黄昏柔美的霞光中，那个画面、那串铃声，使我感到一种难言的幸福，好像把人心灵深处的美感全唤醒了。

有时幸福来自自由自在地在田园中徜徉了一个下午。

有时幸福来自看到萝卜田里留下来做种的萝卜，开出一片宝蓝色的花。

有时幸福来自家里的大狗突然生出一窝颜色都不一样的、毛茸茸的小狗。

生命的幸福原来不在于人的环境、人的地位、人所能享受的物质，而在于人的心灵如何与生活对应。因此，幸福不是由外在事物决定的，贫困者有其幸福，富有者有其幸福，位尊权贵者有其幸福，身份卑微者也自有其幸福。在生命里，人人都有笑有泪；在生活中，人人都有幸福与忧恼，这是人间世界真实的

人人都有幸福与忧恼，这是人间世界真实的相貌。

相貌。

从前，我在乡间、城市穿梭做报道访问的时候，常能深刻地感受到这一点，坐在夜市摊喝甩头仔米酒配猪头肉的人，他感受到的幸福往往不逊于坐在大饭店里喝XO的富豪。蹲在寺庙门口喝一斤二十元粗茶的农夫，他得到的快乐也不逊于喝冠军茶的人。围在甘蔗园呼幺喝六，输赢只有几百元的百姓，他得到的刺激绝对不输于在梭哈台上输赢几百万的豪华赌徒。

这个世界原来就是个相对的世界，而不是绝对的世界，因此幸福也是相对的，不是绝对的。

由于世界是相对的，使得到处都充满缺憾，充满了无奈与无言的时刻。但也由于相对的世界，使得我们不论处在任何景况，都还有幸福的可能，能在绝壁之处也见到缝隙中的阳光。

我们幸福的感受不全然是世界所给予的，而是来自我们对外在或内在的价值判断，我们幸福与否，正是由自我的价值观来决定的。

以直观来面对世界

如果，我们没有预设的价值观呢？如果，我们可以随环境调整自己的价值判断呢？

就像一个不知道金钱、物质为何物的赤子，他得到一千元的玩具与十元的玩具，都能感受到一样的幸福。这是他没有预设的价值观，能以直观来面对世界，世界也因此以幸福来面对他。

就像我们收到陌生者送的贵重礼物，给我们的幸福感还不如知心朋友寄来的一张卡片。这是我们随环境来调整自己的判断，能透视物质包装内的心灵世界，幸福也因此来面对我们的心灵。

所以，幸福的开关有两个：一个是直观，一个是心灵的品味。

这两者不是来自远方，而是由生活的体会得到。

什么是直观呢？

有源律师问大珠慧海禅师：“和尚修道，还用功否？”

大珠：“用功。”

“如何用功？”

“饿来吃饭，困来眠。”

“一切人总如同师用功否？”

“不同！”

“何故不同？”

“他吃饭时不肯吃饭，百种需索；睡时不肯睡，千般计较，所以不同也。”

好好地吃饭、好好地睡觉就是最大的幸福、最深远的修行，这是多么伟大的直观！在禅师的语录里有许多这样的直观，都是在教导启示我们找到幸福的开关，例如：

百丈怀海说：“如今对五欲八风，情无取舍，垢净俱亡，如日月在空，不缘而照；心如木石，亦如香象截流而过，更无滞碍，此人天堂地狱所不能摄也。”

庞蕴居士说：“神通并妙用，运水与搬柴。”“好雪片片，不落别处。”

沩山灵祐说：“一切时中，视听寻常，更无委曲，亦不闭眼塞耳，但情不附物，即得……譬如秋水澄清，清静无为，澹泞无碍，唤他作道人，亦名无事之人。”

黄檗希运说：“凡人多不肯空心，恐落空。不知自心本空，愚人除事不除心，智者除心不除事。”“终日吃饭，未曾咬着一粒米；终日行，未曾踏着一片地。与么时，无人我等相，终日不离一切事，不被诸境惑，方名自在人。”

在禅师的话语中，我们处处都看见了一个人如何透过直观，找到自心的安顿、超越的幸福。若要我说世间的修行人所为何事？我可以如是回答：“是在开发人生最究竟的幸福。”这一点禅宗四祖道信早就说过了，他说：“快乐无忧，故名为佛！”读到这么简单的句子使人心弦震荡，久久还绕梁不止，这不是人间最大的幸福吗？

只是在生命的起落之间，要人永远保有“快乐无忧”的心境是何其不易，那是远远越过了凡尘的青山与溪河的胸怀。因此另一个开关就显得更平易了，就是心灵的品味，仔细地体会生活环节的真义。

垂丝千尺，意在深潭

现代诗人周梦蝶，他吃饭很慢很慢，有时吃一顿饭要两个多小时，有一次我问他："你吃饭为什么那么慢呢？"

他说："如果我不这样吃，怎么知道这一粒米与下一粒米的滋味有什么不同。"

我从前不知道他何以能写出那样清新空灵、细致无比的诗歌，听到这个回答时，我完全懂了，那是自心灵细腻的品味，犹如百千明镜鉴像，光影相照，使人们看见了幸福原是生活中的花草，粗心的人践花而过，细心的人怜香惜玉罢了。

这正是黄龙慧南说的："高高山上云，何亲何疏；深深涧底水，遇曲遇直，无彼无此。众生日用如云水，云水如然不尔。若得尔，三界轮回何处起？"

也是克勤圆悟说的：“三百六十骨节，一一现无边喧妙身；八万四千毛端，头头彰宝王刹海。不是神通妙用，亦非法尔如然，苟能千眼顿开，直是十方坐断！”

众生在生活里的事物就像云水一样，云水如此，只是人不能自卷自舒、遇曲遇直，都保持幸福之状。保有幸福不是什么神通，只看人能不能千眼顿开，有一个截然的面对。

“垂丝千尺，意在深潭。”我们若想得到心灵真实的皈依处，使幸福犹如电灯开关，随时打开，就非得时时把品味的丝线放到千尺以上不可。

人间的困厄横逆固然可畏，但人在横逆困厄之际，没有自处之道，不能找到幸福的开关才是最可怕的。因为这世界的困境牢笼不光为我一个人打造，人人皆然，为什么有的人幸福，有的人不幸，实在值得深思。

我有一位朋友，是一家大公司的经理，有一天，我约他去吃番薯稀饭，他断然拒绝了。

他说：“我从小就是吃番薯稀饭长大的，十八岁那一年我坐火车离开彰化家乡，在北上的火车上就对天发誓：这一辈子我宁可饿死，也不会再吃番薯稀饭了。”

我听了怔在当地。就这样，他二十年没有吃过一口番薯，也许是这样决绝的志气与誓愿，使他步步高升，成为许多人欣羡的成功者。不过，他的回答真是令我惊心，因为在贫困岁月抚养我幸福原是生活中的花草，粗心的人践花而过，细心的人怜香惜玉罢了。

我们走过的每一步不一定是完美的，但每一步都有值得深思的意义。

们成长的番薯是无罪的呀！

当天夜里，我独自去吃番薯稀饭，觉得这被视为卑贱象征的番薯，仍然滋味无穷。我也是吃番薯长大的，但不管何时何地吃它，总觉得很好，充满了感恩与幸福。

走出小店，仰望夜空的明星，我听到自己步行在暗巷中清晰而渺远的足音，仿佛是自己走在空谷之中。我知道，我们走过的每一步不一定是完美的，但每一步都有值得深思的意义。

只是，空谷足音，谁愿意驻足聆听呢？

平凡最难

与几位演员在一起，谈到演戏的心得。

有一位说："我喜欢演冲突性强的人物，生命有高低潮的。"

另一位说："怪不得你演流氓演得好，演教师就不像样了。"

还有一位说："每次演悲剧就感觉自己能完全投入，演得真是悲惨，可是演喜剧就进不去，喜剧的表演真是比悲剧难呀！"另外一位这样搭腔："那是由于在本质上，人生是个悲剧，真实的痛苦很多，真实的快乐却很少。"

大家七嘴八舌地讲自己对演出与人生的看法，却得到了两个根本的结论，一是不管电影、电视或舞台，演流氓、妓女、失败者、邪恶者、落魄者总是容易一些，也可以演得传神，那是因为大家对坏的形象有一种共同的认知；可是对善良的、乐观的人生却没有共同的标准。二是全世界最难演的人，就是那些平顺着过日子、没有什么冲突的人，像教师、公务员、小职员、家庭主妇，因为他们的一生仿佛一开始就是那个样子，结束也就是那个样子了。

一个演员感慨地说：“平凡是最难演的呀！”

我们如果把这句话稍作转换，可以变成“平凡是最难的呀！”或者“安于平凡是最难的呀！”尤其是当一个人可以选择轰轰烈烈地过日子时，他却选择了平凡；当一个人只要动念就可能获名求利满足欲望时，他却选择了平凡；当一个人位高权重、力能扛鼎时，他毅然选择了平凡。

最难得的是，一个人在多么不平凡的情况下，还有平凡之心，知道如何走进平凡人的世界，知道这世界原是平凡者所构成的，自己的不平凡是多数人安于平凡所造成的结果。

平凡者，就是平顺、安常、知足，平凡人的一生就是平安知足的一生。一个社会格局的开创固然需要很多不凡人物的创造，但一个社会能否持久安定维持文化的尊严与品格，则需要许多平凡人的默默奉献与牺牲。

每个人青年时代的立志，多是要做顶天立地的大丈夫，要做叱咤风云的大人物，可是到了后来才发现，其实自己也不过是社会里平凡的一分子，没能成为真正的大英雄大豪杰。但我们从更大的角度看，那些自命为大人物者，何尝不是宇宙的一粒沙尘呢?

这并不是说我们不要立大志，而是当我们往大的志向走去时，不管成功或失败，都要知道“平凡最难”!

平凡不只是演员在戏台上最难扮演，在实际人生里也是最难的一种演出。

真正圆满纯粹的爱情，是没有任何怨恨的。

玫瑰与刺

在为玫瑰剪枝的时候，不小心被刺刺到，一滴血珠渗出拇指，鲜红的血，颜色和盛放的红玫瑰一模一样。

玫瑰为什么要有刺呢？我在心里疑惑着。

我一边吸着手指渗出的血珠一边想着，这作为情侣们爱情象征的玫瑰，有刺，是不是也是一种象征呢？象征美好的爱情总要付出被刺伤的代价。

把玫瑰插在花瓶中，我本想将所有的刺刮去，但是并没有这样做，我想到，那流入玫瑰花的汁液，也同样流入它的刺，花与刺的本质原是一样的；就好像流入毛虫的血液与流入蝴蝶的血液也是一样的，我们不能只欣赏蝴蝶，不包容毛虫。

流在爱情里的血液也是一样呀！滋润了温柔的玫瑰花，也滋润了尖锐的棘刺。流出了欢喜与幸福，也流出了忧伤与悲痛。在闪动爱的泪光中，也闪动仇恨的绿光。

但是我始终相信，真正圆满纯粹的爱情，是没有任何怨恨的，就像我们爱玫瑰花，也可以承受它的刺，以及偶然的刺伤。

家家有明月清风

到台北近郊登山，在陡峭的石阶中途，看见一个不锈钢桶放在石头上，外面用红漆写了两字“奉水”，桶耳上挂了两个塑胶茶杯，一红一绿。在炎热的天气里喝了清凉的水，让人在清凉时感觉到人的温情。这桶水是由某一个居住在这城市里的陌生人所提供的，他每天清晨太阳升起时就抬这么重的一桶水来，那细致的用心是颇能体会到的。

在烟尘滚滚的尘世，人人把时间看得非常重要，因为时间就是金钱，几乎到了没有人愿意为别人牺牲一点点时间的地步，即使是要好的朋友，如果没有重要的事情，也很难约集。但是当我在喝“奉水”的时候，想到有人在这上面花了时间与心思，牺牲自己的力气，就觉得在忙碌转动的世界，仍然有从容活着的人，他为自己的想法去实践某些奉献的真理，这就是“滔滔人世里，不受人惑的人”。

这使我想起童年住在乡村，在行人路过的路口，或者偏僻的荒村，都时常看到一只大茶壶，上面写着“奉茶”，有时还特别钉一个木架子把茶壶供奉起来。我每次路过“奉茶”，不管是不是口渴，总会灌一大杯凉茶，再继续前行，到现在我都记得喝茶的竹筒子，里面似乎还有竹林的清香。

我稍稍懂事的时候，看到了奉茶，总会情不自禁地想起乡下土地公庙的样子，感觉应该把放置“奉茶”者的心供奉起来，让人瞻仰。他们就是自己土地上的土地公，对土地与人民有一种无言无私之爱，这是“凡劳苦担重担的人，都到我这里来，我必使他得清凉”的胸怀。我想，有时候人活在这个人世，没有留下任何名姓也不是什么要紧的事，只要对生命与土地有过真正的关怀与付出，就算尽了人的责任。

很久没有看见“奉茶”了，因此在台北郊区看到“奉水”时竟徘徊良久，到底，不管是茶是水，在乡在城，其中都有人情的温热。山道边一杯微不足道的凉水，使我在爬山的道途中有了很好的心情，并且感觉到不是那么寂寞了。

到了山顶，没想到平台上也有一个完全相同的钢桶，这里写的不是“奉水”，而是“奉茶”，两个塑胶杯，一黄一蓝。我倒了一杯来喝，发现茶是滚烫的。于是我站在山顶俯视烟尘飞扬的大地，感觉那准备这两桶茶水的人简直是一位禅师了。在完全相同的桶里，一冷一热，一茶一水，连杯子都配合得刚刚好，这里面到底是隐藏着怎么样的一颗心呢？

我一直认为不管时代如何改变，在时代里总会有一些卓然的人，就好像山林无论如何变化，在山林中总会有一些清越的鸟声一样。同样地，人人都会在时间里变化，最常见的变化是从充满诗情画意、逍遥的心灵，变成平凡庸俗而无可奈何，从对人情时序的敏感，成为对一切事物无感。我们在股票号子里（这号子取名真好，有点像古代的厕所）看见许多瞪着看板的眼睛，那曾经是看云、看山、看水的眼睛；我们看签六合彩的双手，那曾经是写过情书与诗歌的手；我们看为钱财烦恼奔波的那双脚，那曾经是在海边与原野散过步的脚。我们的眼耳鼻舌身意看起来仍然与二十年前无异，可是在本质上，有时中夜照镜，已经完全看不出它们的联结，那理想主义的、追求完美的、每一个毛孔都充满了光彩的我，究竟何在呢？

清朝诗人张灿有一首短诗："书画琴棋诗酒花，当年件件不离他；而今七事都更变，柴米油盐酱醋茶。"这很能表达一般人在时空中流转的变化，从"书画琴棋诗酒花"到"柴米油盐酱醋茶"，人的心灵必然是经过了一番极大的动荡与革命，只是凡人常不自觉自省，任庸俗转动罢了。其实，有伟大怀抱的人物也不能免俗，梁启超有一首《水调歌头》，我特别喜欢，其后半阕是："千金剑，万言策，两蹉跎。醉中呵壁自语，醒后一滂沱。不恨年华去也，只恐少年心事，强半为销磨。愿替众生病，稽首礼维摩。"我自己的心境很接近梁任公的这首词，人生的际遇不怕年华老去，怕的是少年心事的"销磨"，到最后只是"醒后一滂沱"了。

在人生道路上，大部分有为的青年，都想为社会、为世界、为人类"奉茶"，只可惜到后来大半的人都回到自己家里喝老人茶了。还有一些人，连喝老人茶自遣都没有兴致了，到中年还能有奉茶的心，是非常难得的。

有人问我，这个社会最缺的是什么东西？

我认为最缺的是两种：一是"从容"，一是"有情"。这两种品质是大国民的品质，但是由于我们缺少"从容"，因此很难见到步履雍容、识见高远的人；因为缺少"有情"，则很难看见乾坤朗朗、情趣盎然的人。

社会学家把社会分为青年社会、中年社会、老年社会，青年社会有的是"热情"，老年社会有的是"从容"。我们正好是中年社会，有的是"务实"，务实不是不好，但若没有从容的生活态度与有情的怀抱，务实到最后正好是柴米油盐酱醋茶，牺牲了书画琴棋诗酒花。一个彻底务实的人正是死了一半的俗人，一个只知道名利实务的社会，则是僵化的庸俗社会。

在《大珠禅师语录》里记载了禅师与一位讲《华严经》座主

总的说来，人生的幸福来自自我心扉的突然洞开。

"心扉的突然洞开"，来自从容，来自有情。

的对话，可以让我们看见有情从容的心是多么重要。

座主问大珠慧海禅师：“禅师信无情是佛否？”

大珠回答说：“不信。若无情是佛者，活人应不如死人；死驴死狗，亦应胜于活人。经云：佛身者，即法身也，从戒定慧生，从三明六通生，从一切善法生。若说无情是佛者，大德如今便死，应作佛去。”

这说明禅的心是有情，而不是无知无感的。用到我们实际的人生也是如此，一个有情的人虽不能如无情者用那么多的时间来经营实利（因为情感是要付出时间的），可是一个人如果随着冷漠的环境而使自己的心也沉滞，则绝对不是人生之福。

人生的幸福在很多时候是得自看起来无甚意义的事，比如某些对情爱与知友的缅怀，比如有人突然给了我们一杯清茶，比如在小路上突然听见冰果店里传来一段喜欢的乐曲，比如在书上读到了一首动人的诗歌，比如偶然看见桑间濮上的老妇说了一段充满启示的话语，比如偶然看见一朵酢浆花的开放……总的说来，人生的幸福来自自我心扉的突然洞开，犹如在阴云中突然阳光显露、彩虹当空，这些看起来平淡无奇的东西，是在一株草中看见了琼楼玉宇，是由于心中有一座无情的宝殿。

“心扉的突然洞开”，来自从容，来自有情。

生命的整个过程是连续而没有断灭的，因而年纪的增长等于是生活资料的累积，到了中年的人，往往生活就纠结成一团乱麻了。许多人畏惧这样的乱麻，就拿黄金酒色来压制，企图用物质的追求来麻醉精神的僵滞，以至于心灵的安宁和融都展现成为物质的累积。

其实，可以不必如此，如果能有较从容的心情，较有情的胸襟，则能把乱麻的线路抽出、厘清，看清我们是如何失去了青年时代的理想追求，看清我们是在什么动机里开始物质权位的奔逐，然后想一想：什么是我要的幸福呢？我最初所向往的幸福是什么？我波动的心为何不再震荡了呢？我是怎么样落入现在这个古井的呢？

我时常想起童年时代，那时社会普遍贫穷，可是大部分人都有丰富的人情，人与人之间充满了关怀，人情义理也不曾被贫苦生活所昧却，乡间小路的“奉茶”正是人情义理最好的象征。记得我的父亲常挂在嘴边的一句话是：“人活着，要像个人。”当时我不懂这句话的含义，现在才算比较了解其中的玄机。人即使生活条件只能像动物那样，也不应该活得如动物失去人的有情、从容、温柔与尊严，在中国历代的忧患悲苦之中，中国人之所以没有失去本质，实在是来自这个简单的意念：“人活着，要像个人！”

人的贫穷不是来自生活的困顿，而是来自在贫穷生活中失去人的尊严；人的富有也不是来自财富的累积，而是来自在富裕生活里不失去人的有情。人的富有实则是人心灵中某些高贵物质的展现。

家家都有明月清风，失去了清风明月才是最可悲的！

喝过了热乎乎的“奉茶”，我信步走入林间，看到落叶层缝中有许多美丽的褐色叶片，拾起来一看，原来是褐蝶的双翼因死亡而落失在叶中。看到蝴蝶的翼片与落叶交杂，感觉到蝴蝶结束了一季的生命其实与树叶无异，尘归尘、土归土，有一天都要在世界里随风逝去。

人的身体与蝴蝶的双翼又有什么两样呢？如果活着的时候不能自由飞翔，展现这片赤诚的身心，让我们成为宇宙众生迈向幸福的阶梯，反而成为庸俗人类物质化的踏板，则人生就失去其意义，空到人间走一回了！

下山的时候，我想，让我恒久保有对人间有情的胸怀，以及一直保持对生活从容的步履；让我永远做一个为众生奉茶供水、在热闹中得到清凉的人。

为现在，做点什么

有一天，我在敦化南路散步，突然有人从背后追上我，她一面喘着气，一面说："请问，你是林清玄吗？"

我说："是的。"

她很欢喜地说："我正想打电话到出版社找你，没想到就在路上遇见你了。"

"你有什么事吗？"我说。

"我……"她欲言又止，接着鼓起勇气说，"我觉得，我还没有学佛以前很快乐，现在生活却过得很痛苦，不知道是不是自己出了问题？"

然后，我们沿着种满松香树的敦化南路散步，人声与车流在身边奔驰，有时我感觉这样看着不知从何处来又要奔向何处去的车流，总感觉是在看一个默片电影的段落，那样匆忙，又那样沉寂。

我身旁的中年女士向我倾诉着生活与学佛的冲突、挣扎与苦痛：

“我每天要做早晚功课，每次诵经一个小时。为了做早晚功课，我不能接送小孩上下学，先生很不满意，认为我花太多的时间在这些没有意义的事情上面。

“我的小孩很喜欢热门音乐，可是我们家只有一套音响，如果我用来做早晚课，他们就不能听音乐，常因此发生争执，孩子也因此不信佛教，讲话时对佛菩萨也很不礼貌，我听了更加痛苦。

“我的公婆、先生、小姑都信仰民间信仰，过年过节都要杀鸡宰鸭拜拜，我不能那样做，那样做就违背了我的信仰，如果不做，就要吵架，弄得鸡犬不宁。

“我很想度他们，可是他们排斥我，也排斥佛，使我们之间不能沟通，林先生，你看我该怎么办？”

她说到后来，大概是触及伤心的地方，眼眶红了起来。

“你为什么要学佛呢？”我说。

她说：“这个人生是苦海，我希望死后去往西方极乐世界。”

“那么，你为什么要每天做早晚功课呢？”我又问。

“因为我自己觉得业障很重，所以必须做功课来忏悔过去的业障。”她非常虔诚地说。

“你有没有想过，除了为过去和未来打算，应该为现在做点什么呢？”

她立刻呆住了，张口结舌说不出话来，因为确实在她学佛的过程中，她完全没有想过“现在”这个问题。

我就告诉她：好好地对待先生，这是很好的功课！每天关怀孩子，接送他们上下学，这也是很好的功课！试着不与人争辩，随顺别人，也是很好的功课！甚至与孩子一起听热门音乐，使他们感受到母亲的爱，因而安全无畏，也是很好的功课！菩萨行的“布施”“爱语”“利行”“同事”讲的就是这些呀！如果我们体验到“家家有本难念的经”，把自家的那本经读通、读熟了，体验真实的佛法就很简单了。

“因为，家里的这一本经和佛堂墙壁上的经是一样深奥、不可思议的呀！”

一个人如果能悟，山青水绿、鹊噪鸦鸣，无一不是佛法。

在“我”中觉醒

今天收到一封从荷兰寄来的信，厚厚的九张信纸，是艺术家朋友丁雄泉写来的。丁雄泉是现代少数的国际级艺术家，我们见过许多次，但都没有真正地深谈，我对他一如赤子的性格十分欣赏，因此收到他的长信给我带来一阵惊喜。在这个年头，以书信联络的情况越来越少，每天塞满信箱的不是印刷品就是告诉邮件，有时候收到一封朋友的好信，就像在沙堆中拣到珍珠。

我很愿意和你分享老丁的珍珠：

清玄兄：

在台北与管管逛街，我们找了半天书店，寻到了一本你的书《星月菩提》，我预备在天空下看，结果我在半夜里读了你的书，觉得十分清新，像泡在一池的莲花里。

星星太远，无法亲近，我非常快乐地感受你解说的佛学，但有一点觉得不高超，就是为什么每一个参禅的师父或弟子都要成佛？为什么？我认为心中希望成佛的和尚们都是像在做买卖，我本人认为禅就是变化，能随时随地和大自然的变化而变化，调和一切，喜怒哀乐只是眉头一皱就调和了的事。

还有，我认为只有浪子、花花公子、妓女、强盗才有资格参禅，一个和尚已吃素、已穿灰衣裳、已坐在庙里，根本不需要再参禅。人生有限，一个人的一生并不需要都是处女，或从不做坏事而非常纯洁、光明、单纯，和牛羊一样，一个人稍微坏一些，可是一生却能非常快乐，岂不更妙？

我认为一些和尚，戒色、戒酒、戒快乐、戒悲哀，已只是一部分的人，并不是完完全全的，只是一半的一半的人。所以，我认为所有宗教只是一些已散失的学问，十分不完全。

一个人不做爱，根本没有真的爱，一切都是冰冷，一切都是幻想，所以我十分希望你能解的禅学没有天堂与地狱，没有戒色等，你应是把天堂与地狱连在一起的。

清水禅师

清雨禅师

清风菩萨

清山菩萨

清绿佛

清明公子

清玄道士

清心法师

我给你起的一些名字，令你一笑。我觉得你非常有灵性，是唯美的居士，因为美才信佛，因为佛是唯美的人。我欢喜的佛，及所有的菩萨或禅师都是没有名字的，像天上的云一样，都是美的化身，也不说教，大家多活在鲜花里。像春天的蝴蝶、蜜糖和彩虹多是无名的；像大河边上的水上人家，数千年活在美好的时光里。

一切的宗教都是有条件的规矩，我本人喜爱无规无矩的浪漫精神，像西班牙的热情舞蹈，像大游行，一样令人心跳，觉得人这么有力量。不像那些坐在庙堂里灰尘重重的木佛，冷冷清清，真真假假。

希望维摩诘能来和我们一起饮茶、谈天说地。

雄泉

三月三日于荷兰

这封信是不是写得很有趣？近几年来，由于我写了一些菩提的书，有许多人问我关于学佛的事，但大部分是已入佛门的佛弟子，少有像老丁这样直截了当地提出心中质疑的，这封信于是令我想到佛教，乃至别的宗教信仰的一些问题，其中最有意思的是，宗教思想对我们有何意义？对我们的精神生活有何帮助？更进一步地说，宗教是不是可以满足人的生命欲求？能不能解除人乃至社会的苦恼？

尤其是到了现代，大家对现实世界的重视，宗教的思想仿佛离我们愈来愈远了，不要说是宗教了，凡是一切离开现实、名利、享受的事物，都有日趋薄脆的趋势，比如道德、伦理、关怀、正义、无私的爱等，都如田野上的晚云，被风一吹，就飘远了。

若要把人追求的精神生活之究竟归纳出来，就是“真、善、美、圣”四字，这原不是宗教所专属，但这些都是超越了名利权位的。一个人若不能把对真、善、美、圣的追求定在超越现实生活的位置上，则这个人肯定不能创造人生更高的价值；一个人若汲汲于现实的生活，则他必不能发现生命之真、人心之善、生活之美、理想之神圣。

追求真善美圣，不是在自心外找一些可肯定的东西，而是在追求更高、更深、更远、更大的自我，若能使那个自我开启出来，则不论庙里的和尚，或浪子、妓女、花花公子都有追求真善美圣的立足点，他们同样可以找到清净光明无碍的生命。只是他们可能要通过不同的历程与方式去追求，去通向生命的真实。

我时常说，真理是普遍存在的，人生的真理存在于人生的各种面目中，找不到真理是人自己的问题，不是人生中没有真理。因此，我相信人人的生活里都有“悟”，找不到悟的人，恐怕要鄙俗地过一生，从来不知道自我潜藏了极大的可能，那么，一个人永为浪子、妓女、花花公子，这样的生活不是十分可悲吗？

从前读天台宗开山祖智顗大师的《摩诃止观》，里面有一段我非常喜欢：

圆顿者，初缘实相，造境即中，无不真实。系缘法界，一念法界，一色一香，无非中道。己界及佛界、众生界亦然。阴入皆知，无苦可舍。无明尘劳即是菩提，无集可断。边邪皆中正，无道可修。生死即涅槃，无灭可证。无苦无集故无世间，无道无灭故无出世间。纯一实相，实相外更无别法。

如果你能领会这一段话，就可体会到老丁的问题在这里全找到了答案。

这段话的意思是，世界的一切都是真实的，我们的世界其实就是最高法界的世界，一朵野花、一丝香气，都合乎中道的妙有，我们的世界与佛的世界、众生的世界是没有什么分别的。佛法说灭除了苦、集、灭、道就能得到涅槃的解脱，但这不表示我真理是普遍存在的，人生的真理存在于人生的各种面目中。

们生存的世界外另有世界，出离人生之苦不必离开世间，得道解脱也不必在世间之外。如果佛的世界不能与世间生活相结合，佛的存在就失去必要性，因为，苦恼的三界本来就是佛菩萨的世界呀！

让我们再来念一次这几句美丽的句子："一色一香，无非中道""边邪皆中正，无道可修""无苦无集故无世间，无道无灭故无出世间"。我们愈是正视这充满矛盾痛苦的现实人生，愈能感觉到佛的大悲。我们愈是在悲哀无助的境地，愈是感觉到佛的慈悲，智慧在其中发动，源源不绝——这慈悲智慧不是来自别处，而是来自我们更深更高的自我！

以此之故，一个人如果能悟，山青水绿、鹊噪鸦鸣，无一不是佛法；一个人如果迷了，则花池宝树、玉殿琼楼，无一不是世间法。那么，丁雄泉信中所说天上的云、地上的鲜花、春天的蝴蝶、蜜糖和彩虹、大河边上的水上人家、西班牙的热情舞蹈，也都是人心的映现、佛法的真实，只看我们能不能有悟的心，能不能有清明的观照罢了。

智顗大师在另外一本著作《观音玄义》里有一段与弟子的问答，也能说明这个观点：

问："阐提与佛断何等善恶？"

答："阐提断修善尽，但性善在。佛断修恶尽，但性恶在。"

问：“性德善恶何不可断？”

答：“性之善恶但是善恶之法门，性不可改，历三世无谁能毁，复不可断坏！”

这里提出了一个惊人的观点，是说佛并不断性恶，但因为通达恶，因此对一切恶能自在，不会受恶的影响而生恶，佛也就永远不会恢复恶。由于佛有这种自在，因此佛不仅不会染恶，更能使恶也化成慈悲力——地藏王菩萨就是以这种在恶中不染恶的慈悲力下地狱的呀！

我们在恶里受染，不能自在，因此就会被恶所缠缚。其实善恶是非不是主体，人的心性才是主体，于是，浪子、妓女都可以不为恶所染，均可以自在。

那么，一个人如何能不被恶所染，得到自在呢？

答案非常简单，就是在我中觉醒，破掉人我的执着。妓女若能破掉了妓女的认知，找到清明的真实，就从时空中醒了过来，她就得到自在了。

在这个世间生活，我们之所以有喜怒哀乐、人我是非、烦恼痛苦，都是因为对于“我”的执着。我们执着自己的身体、名字、利益、事业、社会关系等，而这些是不是真实的我呢？

我们看过的很多书，都把佛的道理说得太复杂、太高远、太深奥，使大部分的人担心自己不能追求或没有资格追求。其实，简单的一句话就是“在‘我’中觉醒”，任何一个平凡人都可以通过觉醒找到存在宇宙中的妙有，哪里有身份职业的区别呢？觉醒的人一旦破了我执，则“即事而真”“一心具万行”“一切无非妙道，体之即神”“即明众生是真际”，道不是那么遥远的，道就在我们现实的生活里，离开现实生活的求道就像六祖慧能所言，是在兔的头上求角呀！

超越了世间与出世间的佛教是这样，而我们所追求的精神生活无不如此，科学家由更深更高的自我来创造更便利于人的生活；艺术家由更深更高的自我来创造多彩多姿的世界；文学家由更深更高的自我来创造更远大的梦想；我们可以说人类文明的发展，是基于许多人对更高更深自我的开启，而人类创造的源泉则是基于人的觉醒。

能觉醒者纵是妓女也是可敬佩的，在《维摩诘经》里有一首偈，其中四句是“或现作淫女，引诸好色者，先以欲钩牵，后令入佛智”，是说菩萨为教化众生，可能有各种示现，化为淫女也是可能的。这是何其伟大的识见，只要打破了执着，就知道这种识见真实地超越了人我的见解。

因此我觉得一个人没有宗教信仰其实不是那么重要的，但一个人一定要有宗教的思想与宗教的情操。即使完全没有宗教信仰的人，也应该透过不断地觉醒来改造自己，把自我提升到更高远的精神境地，这样，无论从事什么行业，都能在现实生活中有一个安身立命的所在；这样，无论从事的工作多么渺小卑微，都能有更大的识见，活得更有尊严、更自在、更有兴味。

最后，我引用隋朝昙迁法师在《亡是非论》中的几句话：“夫自是非彼，美己恶人，物莫不然。以皆然故，举世纷纭，无自正者也。”

我们常觉得自己美丽良善，别人丑陋恶俗，这是人的通病，全世界都是这样，于是就找不到一个自正的人了。“自正”是在我中觉醒，是在找更高更深的自我。我从十几岁的时候就希望做一个自正的人，愿能“行不负于所知，言不伤于物类”，虽然做自正的人可能要艰苦一些，中宵思之不免悲慨盈怀，但如果不自正则将永为浪子，在宇宙间飘浮、不得解脱了。

现在给你写信，在我案前的一盆酢浆草正开着紫蓝色的花，在每一朵花间我都看到了“自正”之美，它们那么昂然、自尊、自在，并不因为它们开在山野路边而畏缩，也不因它们无名、不为人知而自怨自艾。当然，种在美丽的花盆里，它也不会傲慢、偏见，忘失自己在田野中的紫蓝色。

这花，使我们感触到了宇宙生命的神秘，并知悉了宇宙间自有的秩序，山青水绿，流水不离，深水无波，四季正在静静地转变着，今晨我照镜子，发现又生了不少白发，想到这每一根白发都如野外的几朵小花，思之不禁怃然。

生命的化妆

我认识一位化妆师，她是真正懂得化妆，而又以化妆闻名的。

对于这生活在与我完全不同领域的人，使我增添了几分好奇，因为在我的印象里，化妆再有学问，也只是在皮相上用功，实在不是有智慧的人所应追求的。

因此，我实在忍不住问她：“你研究化妆这么多年，到底什么样的人才算会化妆？化妆的最高境界到底是什么？”

对于这样的问题，这位年华已逐渐老去的化妆师露出一个深深的微笑，她说：“化妆的最高境界可以用两个字形容，就是‘自然’，最高明的化妆术，是经过非常考究的化妆，让人家看起来好像没有化过妆一样，并且这化出来的妆与主人的身份匹配，能自然表现那个人的个性与气质。次级的化妆是把人突显出来，让她醒目，引起众人的注意。拙劣的化妆是一站出来别人就发现她化了很浓的妆，而这层妆是为了掩盖自己的缺点或年龄的。最坏的一种化妆，是化过妆以后扭曲了自己的个性，又失去了五官的谐调，例如小眼睛的人竟化了浓眉，大脸蛋的人竟化了白脸，阔嘴的人竟化了红唇……”

没有想到，化妆的最高境界竟是无妆，竟是自然，这可使我刮目相看了。

化妆师看我听得出神，继续说：“这不就像你们写文章一样？拙劣的文章常常是词句的堆砌，扭曲了作者的个性。好一点的文章是光芒四射，吸引了人的视线，但别人知道你是在写文章。最好的文章，是作家自然地流露，他不堆砌，读的时候不觉得是在读文章，而是在读一个生命。”

多么有智慧的人呀！可是，“到底做化妆的人只是在表皮上下功夫呀！”我感叹地说。

“不对的，”化妆师说，“化妆只是最末的一个枝节，它能改变的事实很少。深一层的化妆是改变体质，让一个人改变生活方式、睡眠充足、注意运动与营养，这样她的皮肤改善、精神充足，比化妆有效得多。再深一层的化妆是改变气质，多读书、多欣赏艺术、多思考，对生活乐观、对生命有信心，心地善良、关怀别人、自爱而有尊严，这样的人就是不化妆也丑不到哪里去，脸上的化妆只是化妆最后的一件小事。我用三句简单的话来说明，三流的化妆是脸上的化妆，二流的化妆是精神的化妆，一流的化妆是生命的化妆。”

化妆师接着做了这样的结论：“你们写文章的人不也是化妆师吗？三流的文章是文字的化妆，二流的文章是精神的化妆，一流的文章是生命的化妆。这样，你懂化妆了吗？”

我为这位女性化妆师的智慧而起立向她致敬，深为我最初对化妆师的观点感到惭愧。

告别了化妆师，回家的路上我走在夜黑的地表，有了这样深刻的体悟：这个世界一切的表象都不是独立自存的，一定有它深刻的内在意义，那么，改变表象最好的方法，不是在表象上下功夫，一定要从内在里改革。

可惜，在表象上用功的人往往不明白这个道理。

掌中宝玉

一位想学习玉石鉴定的青年，听说在远处有一位老年的玉石家，他就不远千里地去向老师傅学艺。

当他见到老师傅，说明了自己学玉的志向，希望有一天能像老师傅一样成为众人仰慕的专家。老师傅拿一块玉给他，叫他捏紧，然后开始给他上中国历史的课程，从三皇五帝夏商周开始讲，讲了几个小时，却一句也没有提到玉。

第二天他去上课，老师傅仍然交给他一块玉叫他捏紧，又继续讲中国历史，一句也不提玉的事。就这样，光是中国历史就讲了几个星期。接着，他向年轻人讲中国的风土人文、哲学思想，甚至生命情操，除玉石的知识外，老师傅几乎什么都讲授了。

而且，每天他都叫那个青年捏紧一块玉听课。

经过几个月以后，青年开始着急了，因为他想学的是玉，没有想到却学了一大堆无用的东西，有一天他终于鼓起勇气，希望向老师表明，请老师开始讲玉的学问。

他走进老师的房间，老师仍像往常一样交给他一块玉，叫他捏紧，正要开始谈天的时候，青年大叫起来："老师，您给我的这一块，不是玉！"老师笑起来说："你现在可以开始学玉了。"

这是一位收藏玉的朋友讲给我听的故事，有非常深刻的启示。

对于学玉的人，要成为玉石专家，不能光是看石头本身，因为玉石与中国文化是不可分的，没有深厚的文化素养，不可能懂玉。所以老师不先教玉，而是先做文化通识的教化，然后进入玉的世界，第一步是分辨是不是玉，这种分辨不只是知识的累积，常常是直觉的反应。

如果我们把这个故事往人生推进，也可以找到许多深思的角度，一是学习任何事物而成为专家都不是容易的事，必须经过很长时间的训练。二是在成为专家之前，需要通识教育，如果作为中国专家，就要先对历史、人文、哲学、思想、性格有基本的识见，否则光是懂一些普通技术有何意义？三是成为专家的第一步，应该有基本的判断，有是非之观、明义利之辨、有善恶之分，就如同掌中的宝玉，凭着直觉就知道为与不为，这才可以说是进入知识分子的第一步了。

这世界上任何有价值的智慧，都不是老师可以一一传授的，完全要依靠自己去体会，老师能教给我们宝玉，能不能分辨宝玉却要靠自己，那是由于宝玉不仅在掌中，也在心中。

每个人的心中都有一块宝玉，只是没有被开发，大部分的人不开发自己的宝玉，却羡慕别人手上的玉，就如同一只手隐藏了原有的玉，又伸手向别人要宝物一样，最后就失去了理想的远景和心灵的壮怀了。

所以，每天把自己的玉捏一捏，久而久之，不但能肯定自己的价值，也能发现别人的美质，甚至看见整个世界都有着玉石与琉璃的质感。

第五章

心田上的百合花开

百合花一朵朵地盛开着，花上每天都有晶莹的水珠，野草们以为那是昨夜的露水，

只有百合自己知道，那是极深沉的欢喜所结的泪滴。

心田上的百合花开

在一个偏僻遥远的山谷里，有一个高达数千尺的断崖，不知道什么时候，断崖边上长出了一株小小的百合。

百合刚刚诞生的时候，长得和杂草一模一样。但是，它心里知道自己并不是一株野草。

它的内心深处，有一个内在的纯洁的念头："我是一株百合，不是一株野草。唯一能证明我是百合的办法，就是开出美丽的花朵。"有了这个念头，百合努力地吸收水分和阳光，深深地扎根，直直地挺着胸膛。

终于，在一个春天的早晨，百合的顶部结出了第一个花苞。

百合的心里很高兴，附近的杂草却都不屑，它们在私底下嘲笑着百合："这家伙明明是一株草，偏偏说自己是一株花，还真以为自己是一株花，我看它顶上结的不是花苞，而是头上长瘤了。”

公开的场合，它们讥笑百合：“你不要做梦了，即使你真的会开花，在这荒郊野外，你的价值还不是跟我们一样？”

偶尔也有飞过的蜂蝶鸟雀，它们也会劝百合不用那么努力开花：“在这断崖边上，纵然开出世界上最美的花，也不会有人来欣赏呀！”

百合说：“我要开花，是因为我知道自己有美丽的花；我要开花，是为了完成作为一株花的庄严使命；我要开花，是由于自己喜欢以花来证明自己的存在。不管有没有人欣赏，不管你们怎么看我，我都要开花！”

在野草和蜂蝶的鄙夷下，野百合努力地释放着内心的能量。有一天，它终于开花了，它那灵性的洁白和秀挺的风姿，成为断崖上最美丽的颜色。

这时候，野草与蜂蝶，再也不敢嘲笑它了。

百合花一朵朵地盛开着，花上每天都有晶莹的水珠，野草们以为那是昨夜的露水，只有百合自己知道，那是极深沉的欢喜所结的泪滴。

年年春天，野百合努力地开花、结籽。它的种子随着风，落在山谷、草原和悬崖边上，到处都开满洁白的野百合。

几十年后，远在千百里外的人，从城市、乡村，千里迢迢赶来欣赏百合花。许多孩童跪下来，闻嗅百合花的芬芳；许多情侣互相拥抱，许下了“百年好合”的誓言；无数的人看到这从未有过的美，感动得落泪，触动内心那纯洁温柔的一角。

那里，被人们称为“百合谷地”。

不管别人怎么欣赏，满山的百合都谨记着第一株百合的教导：

“我们要全心全意默默地开花，以花来证明自己的存在。”

黄昏菩提

我喜欢黄昏的时候在红砖道上散步，因为不管什么天气，黄昏的光总让人感到特别安静，能较深刻地省思自己与城市共同的心灵。但那种安静只是心情的，只要心情一离开或者木棉或者杜鹃或者菩提树，一回头，人声车声哗然醒来，那时候就能感受到城市某些令人忧心的品质。

这种品质使我们在吵闹的车流里，有一种难以言喻的寂寞；在奔逐的人群与闪亮的霓虹灯中，我们更深地体会了孤独；在美丽的玻璃帷幕明亮的反光中，看清了这个大城冷漠的质地。

居住在这个大城，我时常思索着怎样来注视这个城，怎样找到它的美，或者风情，或者温柔，或者什么都可以。

有一天我散步累了，坐在建国南路路口，就看见这样的场

看到阳光正以优美的波长投射在春天的菩提树上，

反射出一种娇嫩的生命之骚动。

景，疾驰的摩托车撞上左转的货车。因挤压而碎裂的铁与玻璃，和着人体撕伤的血液，正好喷溅在我最喜欢的一小片金盏花的花圃上。然后刺耳的警笛与救护车，尖叫与围拢的人群，堵塞与叫骂的司机……好像一团碎铁屑，因磁铁碾过而改变了方向，纷乱骚动着。

对街那头并未受到影响，公车站牌旁边等候的人正与公交车司机大声叫骂，一个气喘吁吁的女人正跑步追赶着即将开动的公交车，小学生的纠察队正鸣笛制止一个中年人挤进他们的队伍，头发竖立如松的少年正对不肯停的出租车吐口水，穿西装的绅士正焦躁地把烟蒂猛然踩扁在脚下。

这许多急促的、喘着气的画面，几乎难以相信是发生在一个可以非常美丽的黄昏。

惊疑、焦虑、匆忙、混乱的人，虽然具有都市人的性格，生活在都市，却永远见不到都市之美。

更糟的是无知。

有一次在花市，举办着花卉大餐，人与人互相压挤践踏，只是为了抢食刚剥下来的玫瑰花瓣，或者涂着沙拉酱的兰花。抢得最厉害的是一种放着新鲜花瓣的红茶，我看到那粉红色的花瓣放进热气蒸腾的茶水，瞬间就萎缩了，然后沉落到杯底，我想，那抢着喝这杯茶的人不正是那一片花瓣吗？花市正是滚烫的茶水，它使花的美丽沉落，使人的美丽萎缩。

我从人缝穿出，看到五尺外的安全岛上，澎湖品种的天人菊独自开放着，以一种卓绝的不可藐视的风姿，这种风姿自然是食花的人群所不可知的。天人菊名声比不上玫瑰，滋味可能也比不上，但它悠闲不为人知的风情，却使它的美丽有了不受摧折的生命。

悠闲不为人知的风情，是这个都市最难得的风情，有一次参加一个紧张的会议，会议上正纷纭地揣测着消费者的性别、年龄、习惯与爱好：什么样的商品是十五岁到二十五岁的人所要的？什么样的资讯会适合这个城市的青年？什么样的颜色最能激起购买欲？什么样的抽奖与赠送最能使消费者盲目？而用什么形式推出才是我们的卖点和消费者情不自禁的买点？

后来，会议陷入了长长的沉默，灼热的烟雾弥漫在空调不堪重负的会议室里。

我绕过狭长的会议桌，走到长长的只有一面窗的走廊透气，从十四层的高楼俯视，看到阳光正以优美的波长投射在春天的菩提树上，反射出一种娇嫩的生命之骚动，我便临时决定不再参加会议，下了楼，轻轻踩在红砖路上，听着欢跃欲歌的树叶长大的声音，细微几至不可听见。回头，正看到高楼会议室的灯光亮起，大家继续做着灵魂烧灼的游戏，那种燃烧使人处在半疯的状态，而结论却是必然的：没有人敢确定现代的消费者需要什么。

我也不敢确定，但我可以确定的是，现代人更需要诚恳的、关心的沟通，有情的、安定的信息。就像如果我是春天这一排被局限在安全岛的菩提树，任何有情与温暖的注视，都将使我怀着感恩的心情。

生活在这样的都市里，我们都是菩提树，拥有的土地虽少，勉力抬头仍可看见广大的天空；我们虽有常在会议桌上被讨论的共相，可是我们每天每刻的美丽变化却不为人知。“一棵树需要什么呢？”园艺专家在电视上说，“阳光、空气和水而已，还有一点点关心。”

活在都市的人也一样的吧！除了食物与工作，只是渴求着明澈的阳光、新鲜的空气、不被污染的水，以及一点点有良知的关心。

“会议的结果怎么样？”第二天我问一起开会的人。

“销售会议永远不会有正确的结论，因为没有人真正了解十五岁到二十五岁的现代都市人的共同想法。”

如果有人说：“我是你们真正需要的！”那人不一定真正知道我们的需要。

有一次在仁爱小学的操场政见台上，连续听到五个人说：“我是你们真正需要的。”那样高亢的呼声带着喝彩与掌声如烟火在空中散放。我走出来，看见安和路上黑夜的榕树，感觉是那样的沉默、那样的矮小，忍不住问它：“你真正的需要是什么呢？”

我们其实是像那沉默的榕树一样渺小，最需要的是自在地活着。走路时不必担心亡命的来车，呼吸时能品到空气的香甜，搭公车时不失去人的尊严，在深夜的黑巷中散步也能和陌生人微笑招呼，时常听到这社会的良知正在觉醒，也就够了。

我更关心的不是我们需要什么，而是青年究竟需要什么？十五岁到二十岁的青年，难道没有一个清楚的理想，让我们在思索推论里知悉吗？

我们关心的都市新人种，他们耳朵罩着随身听，过大的衬衫放在裤外，即使好天他们也罩一件长到小腿的黑色神秘风衣。少女们则全身燃烧着颜色一样，黄绿色的发、红蓝色的衣服、黑白的鞋子，当他们打着拍子从我面前走过，就使我想起童话里跟随王子去解救公主的人物。

新人种的女孩，就像敦化南路的花圃上，突然长出一株不可辨认的春花，它没有名字，色彩怪异，却开在时代的风里。男孩们则是忠孝东路刚刚修剪过的路树，又冒出了不规则的枝丫，轻轻地反抗着剪刀。

最流行的杂志上说，那彩色的太阳眼镜是“燃烧的气息”，那长短不一染成红色的头发是“不可忽视的风格之美”，那一只红一只绿的布鞋是“青春的两只眼睛”，那过于巨大的不合身的衣服是“把世界的伤口包扎起来”，而那些新品种的都市人则被说成是“青春与时代的领航者”。

这些领航的大孩子，他们走在五线谱的音符上，走在调色盘的颜料上，走在影院的看板上，走在虚空的玫瑰花瓣上，他们连走路的姿势，都与我年轻的时代不同了。

我的青年时代，曾经跪下来嗅闻泥土的芳香，因为那芳香而落泪；曾经热烈争辩该走的方向，因为那方向而忧心难眠；曾经用生命的热血与抱负写下慷慨悲壮的诗歌，因为那诗歌燃起火把互相传递。曾经，曾经都已是昨日，而昨日是西风中凋零的碧树。

“你说你们那一代忧国忧民，有理想有抱负，我请问你，你们到底做了什么了不起的大事？”一位西门町的少年这样问我。

我们到底做了什么了不起的大事？拿这个问题问飘过的风，得不到任何回声；问路过的树，没有一棵摇曳；问满天的星，天空里有墨黑的答案。这是多么可惊的问题，我们这些自谓有理想、有抱负、忧国忧民的中年人，只成为黄昏时稳重散步的都市人，那些不知道有明天而在街头热舞的少年，则是半跑半跳的都市人，这中间有什么差别呢？

有一次，我在延吉街花市，从一位年老的花贩口里找到一些答案，他说：

“有些种子要做肥料，有些种子要做泥土，有一些种子天生要开美丽的花。”

农人用犁耙翻开土地，覆盖了地上生长多年的草，草很快地如果我们的心足够明净，还会发现太阳离我们很近，月亮离我们很近。

成为土地的一部分。然后，农人在地上撒一把新品种的玫瑰花种子，那种子抽芽发茎，开出最美的璀璨之花。可是没有一朵玫瑰花知道，它身上流着小草的忧伤之血，也没有一朵玫瑰记得，它的开放是小草舍身的结晶。

我们这一代没有做过什么大事，我们没有任何功勋给青年颂歌，就像曾经在风中生长、在地底怀着热血、在大水来时挺立、在干旱的冬季等待春天、在黑暗的野地里仰望明亮天星的一株卑微的小草一样，这算什么功勋呢？土地上任何一株小草不都是这样活着的吗？

所以，我们不必苛责少年，他们天生就是来开美丽的花的，我们半生所追求的不也就是那样吗？无忧快乐地活着。我们的现代是他们的古典，他们的朋克何尝不是明天的古典呢？且让我们维持一种平静的心情，就欣赏这些天生的花吧！

光是站在旁边欣赏，好像也缺少一些东西。有一次散步时看到工人正在仁爱路种树，他们先把路树种在水泥盆子里，再把盆子埋入土中，为什么不直接种到土地里呢？我疑惑着。

工人说："用盆子是为了限制树的生长，免得树根太深，破坏了道路、水管和地下电缆。也免得树长得太高，破坏了电线和景观。"

原来，这是都市路树的真相，也是都市青年的真相。

我们是风沙的中年，不能给温室的少年指出道路，就像草原的树没有资格告诉路树，应该如何往下扎根、往上生长。路树虽然被限制了根茎，但自己有自己的风姿。

那样的心情，正如同在一个晚秋的清晨，我发现路边的马缨丹结满了晶莹露珠，透明得没有一丝杂质的露珠停在深绿的叶脉上，那露水，令我深深感动，不只是感动那种美，还惊奇于都市的花草也能在清晨有这样清明的露。

那么，我们对都市风格、人民品质的忧心是不是过度了呢？

都市的树也是树，都市的人仍然是人。

凡是树，就会努力生长；凡是人，就不会无端堕落。

凡是人，就有人的温暖；凡是树，就会有树的风姿。

树的风姿，最美的是敦化南北路上的枫香树吧！在路边的咖啡屋叫一杯上好的咖啡，从明亮的落地窗望出去，深深感到那些安全岛上的枫香树，风情一点也不比香榭丽舍大道的典雅逊色，虽然空气是脏了一点，交通是乱了一点，喇叭与哨子是吵了一点，但枫香树是多么可贵，犹自那样青翠、那样宁谧、那样深情，甚至那样有一种不可言说的傲骨，不肯为日渐败坏的环境屈身。

尤其是黄昏时分，阳光的金粉一束束从叶梢间穿过，落在满地的小草上，有时目光随阳光移动，还可以看到酢浆草新开的紫色小花，嫩黄色的小蛱蝶在花上飞舞，如果我们将这一切用画框框住，就是印象派中最美丽的光影了。可惜有很多人在都市生活了一辈子，总是匆忙地走来走去，却从来没有看过这种美。

枫香之美、都市人之品质、都市之每株路树，虽各有各的风情，其实都是渺小的。有一回我登上郊外的山，反观这黄昏的都城，发现它被四面的山手拉手环抱着，温柔的夕阳抚触着城市的每一个角落，天边朗朗升起万道金霞，这时，一棵棵树不见了，一个个人也不见了，只看到互相拥抱的楼宇、互相缠绵的道路。城市，在那一刻，成为坐着沉思的人，它的污染、拥挤、脏乱都不见了，只留下繁华落尽的一种清明、壮大、庄严之美。

回望我所居的城市，这座平常使我因烦厌而去寻找细部之美的城，当时竟陪我跨越尘沙，照见了一些真实的大块的面目。那一天我在山顶上坐到辉煌的灯火为城市戴着光环才下山，下山时还感觉到美正一分一分地升起。

我们如果能回到自我心灵真正的明净，就能拂拭蒙尘的外表，接近更美丽单纯的内里，面对自己是这样，面对一座城市时不也是这样吗？清晨时分，我们在路上遇到全然陌生的人，互相点头微笑，那时我们的心是多么清明温情呀！我们的明净可以洗清互相的冷漠与污染，同时也可以洗涤整个城市。

如果我们的心足够明净，还会发现太阳离我们很近，月亮离我们很近，星星与路灯都放着光明，簇拥我们前进。

就像有一天我在仁爱路的菩提树上，发现了一个小红蚂蚁的窝，它们缓缓地在春天的菩提枝丫上蠕动，充满了生命清新的力量，正伸出触角迎接经过漫长阴雨之后都市的新春。

对我们来说，那乱车奔驰的路侧，是不适于生存，甚至不适宜站立的；可是对菩提树，它们努力站立，长出干净的新绿；对小红蚂蚁，它们自在生存，欣然迎接早春；我们都一样，是默默不为人知、在都市的脉搏里流动的一丝清明之血。

从有蚂蚁窝的菩提树荫走到阳光浪漫的黄昏，我被深深地震动了，觉得在乡村生活的人是生命的自然，而在都市里生活的人，更需要一些古典的心情、温柔的心情，一些经过污染还能沉静的智慧。这株黄昏的菩提树，树中的小蚂蚁，不是与我一起在通过污染，面对自己古典、温柔、沉静的心情吗？

黄昏时，那一轮金橙色的夕阳离我们极远极远，但我们一发出智慧的声音，它就会安静地挂在树梢上，俯身来听，然后我感觉，夕阳只是个纯真的孩子，它永远不受城市的污染，它的清明需要一些赞美。

每天我结束了黄昏的散步，将归家的时候，我就怀着感恩的心情摸摸夕阳的头发，说一些赞美与感激的话。

感恩这人世的缺憾，使我们警醒不至于堕落。

感恩这都市的污染，使我们有追求明净的智慧。

感恩那些看似无知的花树，使我们深刻地认清自我。

最大的感恩是，我们生而为有情的人，不是无情的东西，使我们能凭借情的温暖，走出或冷漠或混乱或肮脏或匆忙或无知的津渡，找到源源不绝的生命之泉。

听完感恩与赞美，夕阳就点点头，躲到群山背面，只留下满天羞红的双颊。

感谢困难

我做了一个梦。

梦见我在街上问人："请问您可不可以给我一些困难、一些挫折、一些痛苦？"

所有的人都拒绝了我，我着急地恳求别人："那么，我雇用您，每小时五百元，请您给我一些折磨！"

那些陌生人摇摇头，沉默地离开，我因找不到愿意折磨我的人而惊醒。

我坐在床上发呆，是呀！困难、折磨、痛苦是多么珍贵！如果一切平顺，谁会静下来沉思，谁会生起智慧，谁又能在平凡安逸的日子中超越自我、登上高峰呢？

如果没有困难，谁又会谦卑地跪下来祈祷？谁又能相信有无边的宇宙？谁又能寄情于来生呢？

我深深地感谢着困难、挫折与痛苦。

也深深地感恩那些曾经折磨过我的人，他们是多么慈悲呀！我并未花钱聘雇他们，他们却以宝贵的时间来考验我、提升我，为了增长我的智慧。

求好

有好多人喜欢讲生活品质，他们认为花的钱多、花得起钱就有生活品质了。

于是，有愈来愈多的人，在吃饭时一掷千金，在置衣时一掷千金，拼命地挥霍金钱，当我们问他为什么要如此时，他的答案是理直气壮的——“为了追求生活品质！为了讲究生活品质！”

生活？品质？

这两样东西到底意味着什么呢？

如果说有钱能满足许多的物质条件就叫生活品质，是不是所有的富人都有生活品质，而穷人就没有生活品质呢？

如果说受教育就会有生活品质，是不是所有的大学生都有生活品质，没受教育的人就没有生活品质呢？

如果说都市才有生活品质，是不是乡下人就没有生活品质呢？是不是所有的都市人都有生活品质呢？

答案都是否定的，可见生活品质不是某一阶层、某一地区，甚至某一时代的专利。古人也可以有生活品质，穷人、乡下人、工匠、农夫都可以有生活品质。因为，生活品质是一种求好的精神，是一个人在有限的条件下寻求该条件下最好的风格与方式，这才是生活品质。

工匠把一张桌子、一把椅子做到最完美而无懈可击的地步，是生活品质。

农夫把稻田中的稻子种成最好的收成，是生活品质。

穷人买一个馒头果腹，知道同样的五块钱在何处可以买到最好品质的馒头，是生活品质。

家庭主妇买一块豆腐，花最便宜的钱买到最好吃的豆腐，是生活品质。

整个社会都能摒弃那不良的东西，寻求最好的可能，这个社会就会有生活品质了。因此，我们对生活品质最大的忧虑，不是小部分人的品位不良，而是大部分人失去求好的精神了。

在一个失去求好精神的社会里，往往使人误以为摆阔、奢靡、浪费就是生活品质，逐渐失去了生活品质的实相，进而使人失去对生活品质的判断力，只好追逐名牌，用有名的香水、服装、皮鞋以及名建筑师盖的房子，来肯定自我的生活品质，这就是为什么现代社会名牌泛滥的原因。

有钱人从头到脚，从房子到汽车，从音响到电视用的都是名牌，那些名牌多得让人忘记了自己的名字。

一般人欣羡之余，心生卑屈，以为那是生活品质，于是想尽方法、不择手段去追求“生活品质”，甚至弄到心力交瘁、含恨而死。君不见被警察抓到的大流氓乃至小妓女，戴劳力士，开进口车，全身都是名牌吗?

真正的生活品质，是回到自我，清楚衡量自己的能力与条件，在这有限的条件下追求最好的事物与生活。再进一步，生活品质是因长久培养了求好的精神，因而有自信、有丰富的心胸世界；在外，有敏感直觉找到生活中最好的东西；在内，则能居陋而依然能创造愉悦多元的心灵空间。

生活品质就是如此简单，它不是从与别人比较中来的，而是自己人格与风格求好精神的表现。

真心相待

带孩子去买鞋子，一开始，店员小姐还蛮热心的，试穿了几双，她开始有不耐烦的表情。孩子喜欢的样子，不是太大，就是太小；正好合脚的鞋子，式样都不是孩子喜欢的。

最后我们决定不买，当我对店员小姐赔笑脸地说："对不起，我们再看看好了。"

她的脸立刻拉下来，臭不可视，我想起一句乡下人常说的俚语："那种脸，就像不知道你欠她多少钱一样。"我立刻拉着孩子逃出店外，孩子幽默地说："爸爸，又一家拒绝往来户。"我们都笑起来，我心里暗自决定：即使以后需要打赤脚，也绝不会向这一家买鞋子。

其实，这种情况不是偶然发生的，只要在台北买东西，隔几天就会遇到一次，那些态度恶劣的店员脸上时常写着轻蔑、怨恨的表情，仿佛不买东西就是欠了她一样，完全不知道服务精神是什么。我时常想，要把一家商店搞垮，最容易的方式就是请两个臭脸的小姐，像门神一样，包管可以做到“闲人免进，童叟必欺”的地步，那么再好的店也会不久就垮了。

因为买东西的人有很多选择，何必去受气呢？所以一遇到这种“内有恶姐”的商店，我一律将之列为“拒绝往来户”，就算里面一斤黄金卖三元，我也不会再去“交关”了。

我一直想不通的是，这些店员小姐哪里来的那么大火气？她们不上班的时候也是这个样子吗？难道她们心里对顾客、老板没有一点感恩之念吗？甚至，难道她们没有受到一点工作与服务的训练吗？

但是，我可以确定的是，一天如果几十次臭脸摆下来，这位小姐的美丽与性情一定会大变，内心里也会饱受折磨。我还可以确定，服务这么差的小姐，前途绝对不会有发展的，只好一辈子痛苦地做店员。我更可以确定，有她在的店生意一定不会好。

一个店员不能和善礼貌地对待顾客，可能与训练或待遇没有直接关系，更重要的是，没有学习到如何真心地善待别人，形之于外，就是服务精神不佳，从内心来说，就是人格不健全。因为人格健全的人，不会因为少卖一双鞋子，就立刻怨恨生气；人格健全的人也不会因为做店员而感到自卑不悦。以服务业来说，店员是一个最敏锐与高尚的行业，其地位犹如军队里在最前线的战士，他的基本动作、战技、自信、勇气，平时是象征一个部队的形象，实战的时候则靠他们取胜。

如果没有好的战士，再好的司令、指挥官、防御工事、武器，都还是要打败仗的；如果没有好的店员，再名贵的品牌、再华丽的店都是要倒店的。

有一天，我在百货公司化妆品专柜，看到一位小姐不断地在纸上写字，我好奇地探头一看，发现写满了同一个“忍”字，这使我感触很多，她是在忍什么呢？忍耐工作？或是忍耐顾客呢？

能忍已经不错了，表示对自己的工作“认命”，谁叫我们做了店员呢？做店员就是要认命地服务。但能不忍更好，从内心里真心对待顾客，就像对我们自家的人，还有什么痛苦可言？

我喜欢看在超级市场、超商、速食店工读的学生，他们的待遇比不上一个店员，可是他们充满朝气、有活力，不怨叹工作。我总是在一边想着：这些工读生卧虎藏龙，将来的世界一定是他们的天下，他们绝对不会一辈子做店员的。

反过来说，假如一个人连店员都做不好，还能期待他做出什么伟大的事呢？

让我们多一点真心的对待吧！多给别人一个微笑、一点宽容、一些关怀，否则，在商店成为拒绝往来户还不要紧，万一成为人生里被拒绝往来的人，就很可悲了。

每个人的心里都有某种不朽的东西、不朽的渴望。

从烦恼到菩提的开关，就是柔软心。

永远活着

到银行去办事，听到一位七十几岁的老太太和银行员工的对话。

银行员工："老太太，你一次领这么多钱呀？外面歹徒很多，可要小心一点。"

老太太："我要领去买股票。"

"买股票？老太太，你都买什么股票？"

"我什么股票都买呀！最近涨得厉害，听说还会再涨，我这些钱要拿来买水泥股。"

"……"

老太太领完了钱，步履蹒跚地走出银行。

这一段简短的对话，使我怔了很久，老太太看起来虽然是七十几岁的人了，身体还蛮健康的样子，而且她衣着朴素，看起来是省吃俭用的人，她为什么要在有限的余年去买股票，何况赚那么多钱要做什么呢？她所累积的财富，自己还有机会享用吗？

走在回家的路上，我想到在这个社会，放眼望去，大家都拼命地在累积人间的财富，即使是已经家财亿万的富人或年华垂暮的老人都不例外。其实，财富对他们来说已变成了没有意义的东西，一个生活已经温饱的老人，他可能有七八幢房子，有价值数亿的财富，可是他已经将不久于人世，这仅存的时光难道还要继续追逐财富，不能有更好的利用吗？

最重要的一点，没有人会相信自己是将“不久于人世”的，我们看到大部分人的生活都表现得好像要永远活在这个世界上，所以他们的累积也永不满足。有一些有钱人，到临死什么都记不住，偏偏记挂他累积的财富；反过来说，他的子孙可能对他的死活也不记挂，只记挂在他名下的土地、房屋、股票、珠宝要如何瓜分。因此，一个富人的死往往造成了子孙的悲剧，就是因为人人只记着财富啊！

一个累积过度财富的人，往往也会自陷于不义，有财富的人谈恋爱，总觉得别人是在爱他的金钱，不是爱他；有财富的人交朋友，总觉得别人是贪图财富的酒肉朋友；有财富的人很难真心对待别人，因为他惯于用钱来处理问题……其实，有太多财富反而使人不能做完整的人，因为他的心变成黄金打造、钻石琢磨，不能享受人间无私的情义心与豪迈的英雄胆。

有时候，追求财富的问题不在于财富，而在于“追求”，从人类有历史以来，人都在尝试追求一些不朽的事物，这是由于每个人的心里都有某种不朽的东西、不朽的渴望。在资本社会里，人把财富也当成不朽的追求了，我们看那些拼命追求财富的人，正是感觉他们在追求不朽，否则怎么能那样狂热呢？

人不能永远活着，这真是一个悲剧的真理，纵使在宗教里一直讲永生不灭，也不能使我们永远活着。

“死亡不是我会遇到的事。”——这是最大的妄念，因为无人不死。

“人生的悲剧不是我会遭遇的。”——这是最惊险的想法，因为人人都有悲剧。

我们在人间累积一些东西，追求一些价值，是为了什么呢？那催迫我们去追求财富最内部的动力是什么呢？如果能找出那个动力，说不定在财富里也有菩提呢！

修得一颗柔软心

一

我多么希望，我写的每一个字、每一篇文章都洋溢着柔软心的香味；我的每一个行为都如莲花的花瓣，温柔而伸展。

因为我深信，一个作家在写字时，他画下的每一道线都有他人格的介入。

二

日本曹洞宗的开宗祖师道元禅师，传说他航海到中国来求禅，空手而来，空手而去，只得到一颗柔软心。

这是令人动容的故事，许多人认为道元禅师到中国求柔软心，并把柔软心带回了日本。其实不然，柔软心是道元禅师本具的，甚至是人人本具的，只是，道元若不经过万里波涛，不到中国求禅，他本具的柔软心就得不到开发。

柔软心不从外得，但有时由外在得到启发。

三

学禅的人若无柔软心，禅就只是一种哲学，与存在主义无异。

柔软心并不是和稀泥一样的泥巴，柔软心是有着包容的见地，它超越一切、包容一切。

柔软心是莲花，因慈悲为水、智慧做泥而开放。

四

有人问我：“为什么草木无心，也能自然地生长、开花、结果，有心的人反而不能那么无忧地过日子？”

我反问道：“你非草木，怎么知道草木是无心的呢？你说人有心，人的心又在哪里呢？假若草木真是无心，人如果达到无心的境界，当然可以无忧地过日子。”

“凡夫”的“凡”字就是中间多了一颗心，刚强难化的心与柔软温和的心并无别异。

具有柔软心的人，即使面对的是草木，也能将心比心，也能与草木至诚地相见。

五

追鹿的猎师是看不见山的，捕鱼的渔夫是看不见海的。

眼中只有鹿和鱼的人，不能见到真实的山水，有如眼中只有名利权位的人，永远见不到自我真实的性灵。

要见山，柔软心要伟岸如山；要见海，柔软心要广大若海。

因为柔软，所以能包容一切，涵盖一切。

六

人在遇到人生的大疑、大乱、大苦、大难时，若未被击倒，自然会在其中超越而得到“定”，因定而得到清明，由清明而能柔软。

在柔软中，人可以和谐、单纯，进而达到意识的统一。

野狐禅、口头禅，最缺乏的就是柔软心，有柔软心的禅者不会起差别，不会贬抑净土，或密宗，或一切宗派，乃至一切众生。

七

有欲念，就有火气；有火气，就有烦恼。

柔软心使欲念的火气温和，甚至消散，当欲念之火消散了，就是菩提。

从烦恼到菩提的开关，就是柔软心。

八

佛陀教我们度化众生，并没有教我们苛求众生。我们要度化众生应在心中对众生没有一丝苛求，只有随顺。众生若可以被苛求，就不会沦为众生了。

随顺，就是处在充满仇恨的人当中，也不怀丝毫恨意。

随顺，就是随着充满黑暗的世界转动，自己还是一盏灯。

随顺，就是看任何一个众生受苦，就犹如自己受苦一般。

随顺，是柔软心的实践，也是柔软心点燃的香。

云散

我喜欢胡适的一首白话诗《八月四夜》：

我指望一夜的大雨，
把天上的星和月都遮了；
我指望今夜喝得烂醉，
把记忆和相思都灭了。
人都静了，
夜已深了，
云也散干净了，
仍旧是凄清的明月照我归去，
我的酒又早已全醒了。

酒已都醒，

如何消夜永？

这首《八月四夜》，是根据周邦彦的一阕词《关河令》改写成的，《关河令》的原文是：

秋阴时晴渐向暝，

变一庭凄冷。

伫听寒声，

云深无雁影。

更深人去寂静。

但照壁孤灯相映。

酒已都醒，

如何消夜永？

胡适的诗一点儿也不比周邦彦的原词逊色。我从前喜欢这首诗，是喜欢诗中的孤单和寂寞的味道，尤其是在烂醉之后醒来，不知道如何度过凄清的好像永无尽头的寒夜时。我在少年时代，有很多次的心境都接近这首诗的情景。

这使我想起，孤单和寂寞虽也有它极美的一面，但究竟不是幸福的。只是有时我们细细想来，幸福里如果没有孤单和寂寞的时刻，幸福依然是不圆满的。

最好的是，在孤单与寂寞的时候，自己也能品味出那清醒明净的滋味，有时能有一些记忆和相思牵系，才是最幸福的事。

清晨滚着金边的红云，是美的。

午后飘着慵懒的白云，是美的。

黄昏燃烧炽烈的晚霞，是美的。

有时散得干净的天空，也是美的。

那密密层层包裹着青天的乌云，使我们带着冷冽的醒觉，何尝不美呢？

当一个人，走过了辉煌的少年时代，有许多人就开始在孤单与寂寞的煎熬中过日子；当一个人，失去了情爱与生命的理想，可能就会在无奈的孤独中忍受一生；当一个人，不能体会到独处的丰富与幸福时，他的生命之火就开始黯然褪色……

凄清的明月和美丽的明月是不是同一轮明月呢？当我们从生命的烂醉中醒来的时候，保持明净的心灵世界，让我们也欢喜独处时的寂寞吧！因为要做一个自足的人，就是每一时每一刻都能看清云彩从心窗飘过的姿势。在云也散干净的时候，还能在永夜中保持愉悦清明，那么，即使记忆与相思不灭，我们也能自在坦然地走下去。

第六章

快乐地活在当下

快乐地活在当下，是除了承担之外，希望有期许、有愿望、有好的心情，不只坦然和自然，还希望能扭转此时此刻的生活，使自己永葆喜悦之心。

快乐地活在当下

报社的记者来访问，突然问起：“林先生有什么座右铭呢？”

我的座右铭，通常用3M的便条纸写一些当日的注意事项，于是撕几张下来给记者小姐看：

“出去时，别忘了买苜蓿芽。”

“欠讲义的稿件，今日写。”

“缴房屋贷款。”

“帮亮言买毛笔。”

我说：“你看，我有这么多的座右铭。”

记者笑起来：“林先生真爱开玩笑，我是说真正的座右铭。”

“什么是真正的座右铭呢？”

“就是刻在心里，时时用来规范和激励自己的一句话。”

这倒使我陷入困境了，因为我并没有一个真正的座右铭，如果勉强说有，就是我时常拿来实践的一句话：“快乐地活在当下。”

“活在当下”是禅宗的语言，是说人应该放下过去的烦恼、舍弃未来的忧思，把全副的精力用来承担眼前的这一刻。失去此刻就没有下一刻，不能珍惜今生也就无法向往来生了。

“活在当下”也就是“快乐来临的时候就享受快乐，痛苦来临的时候就迎向痛苦”，在黑暗与光明中，既不回避，也不逃离，以淡然自然的态度来面对人生。

我把“活在当下”加了“快乐地活在当下”，是除了承担之外，希望有期许、有愿望、有好的心情，不只坦然和自然，还希望能扭转此时此刻的生活，使自己永葆喜悦之心。

这可以说是我的座右铭，因此欠的稿件，要欢喜地写；缴房屋贷款，要欣然地缴；苜蓿芽和毛笔，都要高兴地去买。

我的桌边依然贴着许多条子，只有“快乐地活在当下”不用张贴于座右，因为那正是我生命的态度。

纯善的心

我每一次去买花，并不会先看花，而是先看卖花的人，因为我认为一个人如果不能把自己打扮得与花相衬，是不应该来卖花的。

唯有像花的人，才有资格卖花。

像花的人指的不是美丽的少女，而是有活力、有风采的人。

所以，每次我看到俗人卖花，一脸的庸俗或势利，就会感到同情，想到民间有一种说法，有三种行业是前世修来的福报，分别是卖花、卖伞和卖香。那是因为这三种行业是纯善的行业，对众生只有利益，没有伤害，可以一直和人结善缘。

可叹的是，有的人是以痛苦、埋怨的心在经营这纯善的行业。

我经常去买花的花店，卖花的是一位中年妇人，永远笑着，很有活力；穿着永远干净而朴素，却很有风采。

当我对她说起民间的说法，赞美她说："老板娘一定是前世修来的福报，才能经营这纯善的行业呀！"

她笑得很灿烂，就像一朵花，不疾不徐地说："其实，只要有纯善的心，和人结善缘，所有的行业都是前世修来的。"

像花的人指的不是美丽的少女，而是有活力、有风采的人。

不管怎么走，都会有路。

路上的情书

我捡过一封诀别的情书。

情书上有这样看起来普通的句子："当初是我选择了你，心里明知与你不会长久，还是执着地选择了你。"

"这些日子以来，谢谢你陪我走过这一段路。"

"你是一个很好的人，你一定会认识比我好上千倍的女孩。"

"由衷地希望在没有我的日子里，你依然过得好。"

会捡到这封情书是很偶然的。有一天我在路上散步，刮起一阵强风，一个印刷十分精美的信封落在我的眼前，信封没有署名，也没有缄封，我就打开来看。

是一封很长的诀别信，看起来是十七岁的少女写给十八岁的男朋友的信，显然她是要离开他了，于是找了许许多多借口。

奇怪的是，这封信的收信人和发信人都没有名字，写信的少女叫作“March”，她的男朋友叫作“December”，是三月写给十二月的信呢！可以想见十二月收到这封信时，脸如寒冬的样子。三月的信写得这么苦，心情也不像阳春的季节。

可是，这么重要的信为什么会掉在路上呢？

它有几种可能：一是少女写好信不小心遗落的；二是她随手丢弃；三是男朋友收到后，非常生气，回家的路上就顺手扔了。

不管如何，这封没有地址与署名的诀别信，一定是亲手递交的，可见这个少女非常有诚意，又写诀别信，又亲手交托，不像我们年轻时的感情事件，对方离开时的理由到如今都还是谜一样。

三月在信里说：“在你十八岁生日时，无论我在不在你身旁，一定会送你一枚银戒指，传说在十八岁生日时收到银戒指，此后将会一路顺畅平安。如今，这段甜蜜的过去就要放弃，明知你是真心爱我，December，回头再看一眼，再看一眼就好，珍重！再见！”

这结尾写得真不错，我坐在公园的长椅上，读着路上偶然捡到的情书，想到少年时代我们的情感都是如此纠缠的，因为不能了解一切都只是偶然。

银戒指何必等到分手之后再送，今天送不是很好吗？明天的事，谁知道呢？

不知道后来三月找到四月，十二月找到一月没有？

那信纸也选得很好，是一个背着行李站在铁轨交叉点的少女，不知道走哪一条路好。

“不管怎么走，都会有路。”我把诀别的情书收好，想起这句话。

玻璃心

台湾大学法律研究所一年级的女学生，以晒衣绳在宿舍上吊自杀，她一个月前才通过律师高考。遗书写着“觉得活得很累”“受不了一次又一次的感情失败”。

中山大学四年级的男学生自杀身亡，外在环境根本没有自杀的理由，但他的遗书说“活着无聊”“人生没有什么意义”。

一位中学女生因为考试成绩不好，受到同学嘲笑，一时想不开，当场从学校大楼跳下自杀，死在校园中庭。

台湾大学社会系三年级的学生，自幼品学兼优，大学一、二年级都是第一名，三年级得了第三名，悲伤自杀。

小学女学生因细故被父亲责骂，在家里喝农药自杀。

师范大学附属中学二年级学生，由于模拟考试不理想，从自家顶楼跳楼自杀。

…………

这是近几个月来令我印象深刻的“学生自杀事件”，相信不是单一的事件，也不是偶发的事件，根据台北地区张老师的统计，光是去年一年，打电话找张老师求救、挣扎于自杀边缘的青少年共有一万四千名以上。那些自杀而没有刊登于媒体的比例一定是很大的，如果我们留心报纸杂志，就会发现自杀已经成为这个社会“家常便饭”的事了。

自杀绝非小事，不只是自绝自戮自己的宝贵生命，也等于刺杀父母亲朋的心，因此，每次我看到有自杀的报道，不只为年轻庄严的生命深感痛惜，也为他们的父母悲哀，特别是那些优秀的孩子，不知道自杀前有没有想过父母的容颜？自杀不只是懦弱，简直是冷酷的，使我忍不住想起苏东坡的话：“能自拼者，能杀人也！”

几个月前，朋友带我去探视他自杀未亡的弟弟，他的弟弟因吸食安非他命，从四楼跳下来自杀，结果脊椎折断，下半身瘫痪，整天只能躺在床上，连大小便都不能自理。

这位年轻健壮的青年只有二十岁，已经连累得他的哥哥不敢结婚，年老的父母为了照顾他相继病倒。

他红着眼睛对我说：“林大哥，我真后悔自己以前做的事。现在，我才醒了。”

我因为好友的弟弟说出这句话，内心暗暗感伤悲痛，如果在还没有纵身一跃前就醒了，不知有多好？

现在的年轻人不知珍爱生命、无法忍耐挫折的情况是令人吃惊的。

两年前，我的住家要重新油漆，从报纸上找到一位油漆匠，说明工期十五天，每五天付三分之一的工钱。

油漆匠做了五天，领去第一次的工钱，从此就消失了，我因为家里油漆一半，着急不已，电话打去，没人接听，跑去他家按门铃，也没有人在，连续五天，我焦头烂额，正想再找一个油漆匠。

第六天，油漆匠出现了，我问他："你怎么不见了，也不通知一声？"

他若无其事地说："六天前，我觉得人生无聊，吃了一瓶安眠药自杀，结果没死，睡到今天早上醒来，想到这边工作没做完，就来工作，做完再死也不迟！"

我呆立在那里，不知所措。现在两年过去了，我还时常担心那油漆匠是否还活在世上。

一个社会上，青少年动不动就自杀，那是什么样的社会呀？

日本的医学界把战后一代不能忍受挫折痛苦的青年，称为"玻璃心症候群"，认为是一种需要治疗的疾病。但是，"玻璃心症候群"用什么药可以治疗呢？我想，大概需要更多的爱与考验吧！

社会、环境、学校、家庭可以做的就是重建价值系统，想一想，一个环境中，为了考试，可以牺牲年轻人的生活、健康，不顾他们的成长与快乐，他们如何能看到生命的光明呢？

有许多还没有走上大学的楼梯，就因压力夭折了；有许多上了最好的大学，发现生命竟建立在这么荒诞的基础上，就崩溃了。

透明、脆弱、单薄的玻璃心，学校是火炉、社会是吹管，我们每一位成人都是制造者，冷漠坚硬的价值体系随时碰撞玻璃心，天天都有破碎的声音，这样一想，更感到心痛不已。

月到天心

二十多年前的乡下没有路灯，夜里穿过田野要回到家里，差不多是摸黑的，平常时日，都是借着微明的天光，摸索着回家。

偶尔有星星，就亮了很多，感觉到心里也有星星的光明。

如果是有月亮的时候，心里就整个沉淀下来，丝毫没有了黑夜的恐惧。在南台湾，尤其是夏夜，月亮的光格外有辉煌的光明，能使整条山路都清清楚楚地延展出来。

乡下的月光是很难形容的，它不像太阳的投影是从外面来，它的光明犹如从草树、从街路、从花叶乃至从屋檐下、墙垣内部微微地渗出，有时会误以为万事万物的本身有着自在的光明。假如夜深有雾，到处都弥漫着清气，当萤火虫成群飞过，仿佛是月光所掉落出来的精灵。

每一种月光下的事物都有了光明，真是好！

更好的是，在月光底下，我们也觉得自己心里有着月亮、有着光明，那光明虽不如阳光温暖，却是清凉的，从头顶的发到脚尖的指甲都感受到月的清凉。

走一段路，抬起头来，月亮总是跟着我们，照着我们。在童年的岁月里，我们心目中的月亮有一种亲切的生命，就如同有人提灯为我们引路一样。我们在路上，月在路上；我们在山顶，月在山顶；我们在江边，月在江中；我们回到家里，月正好在家屋门前。

直到如今，童年看月的景象，以及月光下的乡村都还历历在目。但对于月之随人却带着一丝迷思，月亮永远跟随我们，到底是错觉还是真实的呢？可以说它既是错觉，也是真实。由于我们知道月亮只有一个，人人却都认为月亮跟随自己，这是错觉；但当月亮伴随我们时，我们感觉到月是唯一的，只为我照耀，这是真实。

长大以后才知道，真正的事实是，每个人心中都有一片月，它是独一无二、光明湛蓝的，当月亮照耀我们时，它反映着月光，感觉天上的月也是心中的月。在这个世界上 ，每个人心里都有月亮埋藏，只是自己不知罢了。只有极少数的人，在最黑暗的时刻，仍然放散月的光明，那是知觉到自己就是月亮的人。

这是为什么禅宗把直指人心称为“指月”，指着天上的月教人看，见了月就应忘指；教化人心里都有月的光明，光明显现时就应舍弃教化。无非是标明了人心之月与天边之月是相应的、涵容的，所以才说“千江有水千江月，万里无云万里天”，即使江水千条，条条里都有一轮明月。从前读过许多诵月的诗，有一些颇能说出“心中之月”的境界，比如王阳明的《蔽月山房》：

山近月远觉月小，便道此山大于月。
若人有眼大如天，当见山高月更阔。

确实，如果我们能把心眼放开到天一样大，月不就在其中吗？

只是一般人心眼小，看起来山就大于月亮了。还有一首是宋朝理学家邵雍写的《清夜吟》：

月到天心处，风来水面时。
一般清意味，料得少人知。

月到天心、风来水面，都有着清凉明净的意味，只有微细的心情才能体会，一般人是不能知道的。

我们看月，如果只看到天上之月，没有见到心灵之月，则月亮只是极短暂的偶遇，哪里谈得上什么永恒之美呢？

所以回到自己，让自己光明吧！

时间道场

一分钟很短，但是，一分钟比五十九秒还长，比一秒钟更长得多，所以，要珍惜每一分钟。

佛经里最短的时间是一刹那，等于七十五分之一秒。一念里有九十刹那，一刹那有九百生灭，因此连刹那也是无限的。

佛经里最长的时间叫“阿僧祇”，是不可计算、无量数的意思，据称一阿僧祇有一千万万万万万万万万兆年，可是又说：“一念满无量阿僧祇劫”，因此长短并没有分别。

一弹指，也是佛经的用语，一弹指有六十五刹那，有的经说一弹指有九百六十生死，有的经说一弹指之间心念转动九百六十次。

还有说二十念为一瞬，二十瞬为一弹指。又有说，四百念为一弹指，一万二千弹指是一昼夜。并不是佛经不统一，而是因为时间是相对的概念，不是绝对的。

有的人一分钟当千百世用，有的人千百世轮回生死业海茫茫，不及别人的一弹指顷。

一寸时光，就是一寸命光，每一眨眼，命光就流逝了。因此，注意当下，就是珍惜永恒的生命。

在思想与思想之间，时间一定留有空隙，只要进入那空间，有觉察的力，时间就等于智慧。

不要期待永恒的理想，若能安住在此刻的时间上，此刻就是净土，就是永恒的理想。

“万法归一，一归何处？”其实，一就展现了万法，就像一秒钟不能从一万年抽出，一万年则是由一秒组成。

年龄不能作为智慧的依据，因为每个人都是宇宙的老人。上帝未生之前，我就存在了，这是宇宙的真实。

有理想、有壮怀的人不因时间消逝而颓唐，而是到死的瞬间还保持着向前的心。

我喜欢两副对联：

世事如棋局，不著者便是高手；

一身似瓦瓮，打破了才见真空。

两个空拳握古今，握住也须放手；

一枝金笏担朝政，担起也要歇肩。

——真是道尽了人与时间赛跑的关系，人不能与时间赛跑，但人可以包容时间、善待时间。

极大之处，有极小存在；极近之处，有极远存在；极恶之处，一定也有佛存在。

时间是空，但它创造了无限的有；时间是不可捉摸的，却制造了许多可捉之物；时间的空与不空是同一质、同一味。

“万法是真如，由不变故；真如是万法，由随缘故。”时间从未变过，因为钟表、日夜都不是时间，但时间也从未住留，因为整个宇宙都是时间的痕迹，时间的道场，在为我们说缘起的法、生灭的法。

失恋之必要

这些年来，我时常思考到爱与恨的问题，因此收到你的来信感到特别心惊，你说到连续谈了三场恋爱，被三个不同的男人抛弃，感受到每一次谈恋爱的感觉愈来愈淡薄，每一次被抛弃则愈来愈恨。

第一次失恋，你的感受是：真恨！真想报复他！

第二次，你更进一步谈道：我一定要想办法报复！

第三次的时候，你的心喷出这样的火焰：我要杀死他！

读了你的信，使我在暗夜的庭院中再三徘徊，抬头看着远天的星星，月光如洗。呀！这世界原是这样的美好，为什么人的心中要充满恨意呢？由于怀恨，我们的心眼昏眠，就看不见世间一切的好，自然也看不到自己在这里面的角色了。

我们时常谈到爱恨，但很少人去深思爱恨的问题，我现在用佛经的观点来看看爱恨，在南传的《法句经》里，把爱分成四个转变，也就是四个层次：

一、亲爱——对他人的友情。

二、欲乐——对某一特定对象的爱情。

三、爱欲——建立于性关系的情爱。

四、渴爱——因过分执着以至于痴病的爱情。

这四个层次逐渐加深，也就逐渐产生了苦恼，因此经上说了一首偈：

从爱生忧患，从爱生怖畏；

离爱无忧患，何处有怖畏？

苦恼生出恐惧，恐惧生出悲哀，悲哀再转为嗔恨，其实如果往前追溯，爱与恨是同一根源，好像手心与手背一样，所以佛陀说："爱可生爱，亦可生憎；憎能生憎，亦能生爱。"

什么是恨呢？经典里把忿、恨连在一起，说它们是五种障道的力量，也是十种小随烦恼的两种：忿、恨之意，对有情、非情产生愤怒之心。恨，于忿所缘之事，数数寻思，结怨不舍。五种障道之力是欺、怠、嗔、恨、怨，欺能障信，怠能障进，嗔能障念，恨能障定，怨能障慧。

那么，像忿、恨、恼、嫉、害则是以嗔为体，嗔与贪、痴合称为“三毒”，贪与痴加起来产生嗔，所以嗔是心的最大障碍，在《大智度论》里说：“嗔恚其咎最深，三毒之中，无重此者；九十八使中，此为最坚；诸心病中，第一难治。”

好了，现在我们知道爱欲与嗔恨的本质是相通的，我们可以来思考一些有趣的问题，一是爱虽然会转为恨，却不一定会转为恨，也可以说，失恋会使一些人意志消沉、愤恨难平，却也能使另外一些人更懂得去爱，开发更广大的胸怀。不幸的是，你是属于前者。二是爱恨虽能束缚我们，它只是心的感受，犹如波浪之于大海，其中并没有实体，是缘起缘灭罢了，可叹的是，大部分人不能随缘，反而缘起即住，爱的时候陷溺在爱里，恨的时候沉沦于恨中。

一般人在爱恨的时候很少有检验的精神，很少反观这情绪的变化，因此就难以革新与创发。久而久之，爱恨遂成为一种模式。

“由爱生恨”是最固定的模式，我们从小就被教育了这种模式，我们在电视、小说、电影里学习到这种模式，在亲戚朋友身上感染这种模式，反映到真实生活里，我们在爱情失败时，随之而起的便是恨，没有一个例外，我把这种叫作“模式反应”，那有点像蚊子从我们眼前飞过，它不一定会伤害我们，但我们会下意识地举手去扑杀它一样。

有理想、有壮怀的人不因时间消逝而颓唐，

而是到死的瞬间还保持着向前的心。

如果不是模式反应，为什么千百万人失去爱的时候都反射出恨呢？那是不是人性的真实呢？我有一个朋友说过，欧洲人与美国人失恋，所带来的恨意就比中国人或日本人淡薄得多，大部分西方人在失恋中、离婚之后都能与从前的伴侣做朋友，那是因为他们的模式反应和我们的不一样。

为什么我要和大部分人一样，失恋就憎恨呢？可不可以做一个卓然的人，失恋也不恨呢？

失恋的恨，那是出于两个原因：一是认为失恋是坏事；二是我们沉沦于过去的觉受。

我曾经在笔记上写了两句话："为了爱，失恋是必要的；为了光明，黑暗是必要的。"

那就好像，如果我们不饥饿，就无法真正享受食物；如果我们不生病，就不知道健康的可贵；如果我们不年老，青春对我们就没有意义；如果我们要种莲花，没有烂泥巴是不行的……

失恋不是坏事，春天过了就是夏天，秋天过了就是冬天，这是必然的过程，我们热爱春秋，但并不能阻挡火热与寒冷的来临，我们热爱莲花、玫瑰、金盏花、紫丁香，但我们不能使它不凋零。

我们不喜欢凋零，然而，凋零是一种必然。

过去不能让它过去，不愿等待未来是人生最大的悲剧，其实，再怎么好的恋爱，每天都是不同的，我们甚至无法维持对一个人的爱从早上到晚上都保有同一品质。也就是说，再好的爱都会失去，会成为过去时。

我们之所以为失恋烦恼，是因为我们不愿面对此刻、融入此刻，老是沉湎于过去。可叹的是沉湎于过去的人会失去生的乐趣、失去发现的乐趣、失去创造的可能、失去爱的能力。如果我们愿意走出来，就会发现就在此刻、就在门外，就有许多值得爱的人、许多值得爱的事物。

当然，不只是许多人值得爱，也有许多人等着爱我，只是我把自己关在过去的枷锁里，他们没有机会来爱我吧！我要得到更好、更珍贵、更真实的爱，首先是使我的心得到自由。

看你满腹烦恼、满脸愤恨、满脑子报复之思，就是有这世界上最好的对象，也会被你错过了呀！

让我们一起来做一些创造性的工作，每天清晨起来时，把昨天的爱恨全部放下，从零出发，对着镜子好好展现一个最美的笑吧！然后梳妆打扮（从心里的庄严开始），把自己最好的、最有魅力的那一面提起来，挺胸抬头走出门外，那才是今天的你、此刻的你，既然你认为自己是善良而美丽的，为什么不把善良和美丽表现出来呢？

如果是我，使我动心的异性，是那些有生机、有活力，能微笑走在风里的人，而不是怀忧丧志、满腹愤恨的人呀！

我说的这些都不是空话，而是我自己的体验，是我的开发与创造，说来你也许难以相信，我很感激那些从前抛弃过我的人，如果没有她们，就不会造就今天的我呀！

那些没有经过监狱的悲惨的人，不会懂得外面的世界是多么值得欢喜与感恩，你现在知道心灵监狱的悲惨，一旦你走了出来，就可以知道生命的确是值得欢舞和庆祝的。

不要哭了，不要恨了，当你停止哭泣与怀恨的那一刻，我在你的脸上看到春天的光辉，那时，你是多么美，像一朵金盏花在清晨的阳光下温柔地开放。

虽然我没有见过你，但我真的看见了你转化恨意之后，脸上流转的光辉。

爱与恨

要爱一个人需要很长的时间，要恨一个人却只要一秒钟，所以把从爱到恨的过程叫“反目”，反目其实只是一眨眼的事。

爱人不易，但是使爱淡化所需要的时间很短，恨人容易，但要使恨褪色的时间却很长。

爱可以使人颓废而意志消沉，恨也可以。

爱可以激发人新的力量发挥潜力，恨也可以。

爱能令人疯狂失去意志，恨也能。

爱能令人脸红手足无措，恨也能。

爱恨的面目虽然有所不同，本质却是一样的，一个爱情激烈的人通常仇恨也很激烈。

仇恨的仙人掌通常是开在爱的沙漠；博爱的莲花却是从仇

恨的污泥中穿越。

人不必一定断除爱恨，但人要努力地使爱澄澈如清晨的水面，使恨明朗如午后的微风。

自由人

日本近代的禅学大师山田灵林（日本可与铃木大拙媲美的禅学泰斗，在理论与实践上都有成就，“自由人”的说法出自他所著的《禅学读本》），把世界上的人归为三种类型：第一型是纯朴未开，不受任何知识上的苦恼，像猪一样能和平生活的人，叫作“自然人”。

第二型是头脑明晰，知能发达，却反而受尽“知”的烦恼，导致神经过敏，始终无法与他人相处，过着并不愉快的生活的人，叫作“知识人”。

第三型是超越了“知”的苦恼和“情意”的苦恼，能任运无碍过活的人，叫作“自由人”。

为了说明这三种人的不同，他举了一个非常有趣的例子：

某家五人居室的前廊上，一双拖鞋没有排好且翻过来了，这家的下女虽好几次出入主人的房间，办好了主人的几件差遣，但她对翻过来的拖鞋一点也没有注意到。她正如在深山里纯朴未开的少女，她只把每次被吩咐的事在能力范围内办好了，其余的一概不管，所以她每天十分快乐，能吃就吃，能睡就睡，除了衣食住行，对人间的一切事物与知识都不管，没有任何心事。——这就是“自然人”的典型。

这家的少奶奶拿信件要进屋时，看见了翻过来的拖鞋，但因男主人吩咐要处理一件紧急事务，来不及翻那双拖鞋。一会儿她端红茶要进屋，又看见那双拖鞋，心想一边拿饮料一边翻拖鞋有碍卫生，还是没有改正它。要离开房间时，突然听到了孩子的啼哭而跑向婴儿室，这一次根本没有想到拖鞋的事。就这样，她一整天都挂虑那双拖鞋，导致在房间、在厨房、在婴儿室时都不能平静，不能专心，而苦恼万分。少奶奶出身名门闺秀，读过大学，因此她想把学来的知识全部应用在现实生活上，却往往不能照自己的期望，反而带来日日夜夜的焦急不安，最后变得神经质，甚至连看到猫儿换个位置晒太阳，也会使她不安而烦恼。——这就是“知识人”的典型。

这家的老太太，有事找她的儿子，她看到翻过来的拖鞋，马上随手翻正，然后欣然不把这件事放在心上。老太太是很沉着的人，她善于发现事件的问题，而一发现问题，马上很轻易地处理好，如果是件不能处理的事，她马上把它忘掉，因此她的心境一直平静而稳定。——这就是“自由人”的典型。

山田灵林的譬喻很值得我们深入思索，拖鞋可以说是烦恼的一种象征，这一家的女佣可以说是从来不知烦恼为何物地生活着，就如同这世界上许多神经粗糙的人，不是他们非常快乐，而是他们既见不到烦恼，同时也不能知道精神的愉悦是什么，他们没有思考，没有反省，没有觉悟，没有方向与追求，只是像动物一样地过日子。

少奶奶虽然知识丰富，却反而为知识而苦，被种种知识扯来扯去，忽左忽右，像旋涡一样旋转，于是陷入一种紧张而焦躁的状态，生活充满无谓的苦恼。这说明要追求心灵的和平与究竟的宁静，知识是无能为力的，无论用任何知识，都不能凭着知识得到安身立命，因此以安身立命为目标的人，知识实在没有价值，有时反而带来烦恼。

但是我们不应反对知识，而是要把知识收集整理，利用生活经验来驾驭，到能无碍的时候，心地自然平直得像前面的老太太一样。不过如果要靠外在经验的累积，达到心性的自由，等他成为自由人时，已经消耗了大部分的生命。

佛教禅宗所追求的也是“自由人”的世界，所循的是内面的方法，就是靠宗教的精进来达到心性的自由，才能得到真正的安心与究竟的立命。

但是，禅的“自由人”与老太太的“自由人”还是有差别的，老太太的自由是一种动作，是因外（如拖鞋）的对待而来，禅师的自由却是绝对的、自我的、没有对象的。

在佛教里，把凡夫的世界称为“相对界”，意即这个世界是用对立思考来想事情的处所。爱与恨、清与浊、男与女、美与丑、善与恶、春与冬、山与川、相聚与离别、生长与凋零，无一不是对立。因而，在我们这个世界上，不用对立就无法思考和判断事物了。由于这些对立，我们的世界才不断地变化与作用，不断尝受葛藤斗争之苦，我们就在对立的影子以及影子所形成的影子中生活。

禅的境界，乃至佛教一切法门的境界，都是在超越对立的境况，进入绝对的真实，这绝对的真实就是使自己的心性进入光明的、和谐的、圆融的、无分别的世界。由于超越对立，进入绝对，使修行的人可以无执、任运、无碍自在、本来无一物，甚至无所住而生其心。

这超越的绝对世界，并不表示自由人在外表上与凡人有何不同，他也有生死败坏，像我们看到罗汉的绘像与雕刻，通常不是那么完美的，他们也有丑怪的，也有痴肥的，也有扭曲的，但是他们却处在一种喜乐和谐的景况。最重要的是，他们仍有强旺的生命力，有着广大的关怀与同情，不因为心性的自由，而失去了对理想生命的追求。

日本盛冈市名须川町的报恩寺，有一个罗汉堂，罗汉堂里的五百罗汉刻于一七三一年左右。相传凡是想念过世亲属的信徒，只要顺着五百罗汉拜下去，一定会在其中找到一尊和亲人的长相一模一样的罗汉，因此数百年来，报恩寺的香火鼎盛。

这个故事告诉我们，罗汉的外貌也只是一个平常人罢了。

中国禅宗公案里，曾有一个极著名的公案，说从前有一个老太婆，她供养一位禅的修行者，盖了一个庵给他修行，并且供养三餐达二十年之久，时常派年轻美丽的少女为他送饭。二十年后有一天，她叫派去的少女送饭的时候坐在修行者的怀中，并且问他："正与么时如何？"（我坐在你腿上，你感觉怎么样？）修行者说："枯木倚寒岩，三冬无暖气。"少女回来后就把这两句诗告诉老太婆，老太婆很生气地说："我二十年只供养个俗汉！"于是把修行者赶走，并且放了一把火把庵也烧掉了。

这是个非常有趣的公案，到底老太婆为什么生气呢？那是因为修行者以为肉身成为枯木寒灰才是坐禅的极致，认为断尽一切身体反应的隐遁，才是真正的禅。其实，禅的正道不是这样的，禅的正道不是无心的枯木，而是有生命的，如如的。它不是停止一切的活动，而是在比人生更高层次的、纯粹的、本质的地方活动，有坐禅经验的人都应知道，禅不是死、不是枯、不是无，而是自在，也就是赵州禅师说的："能纵能夺，能杀能活。"是药山惟俨禅师说的："在思量个不可思量的。"

凡可以思量的，它不是自由；凡有断灭的，它不是自由；凡有所住的（即使住的是枯木寒岩），也不是自由！

有许多修行者要到深山古洞去才能轻安自在，一走入了人间，就心生散乱，这算什么自由呢?

那么，何处才是自由安居的道场呢？它不在没有人迹的山上，不在晨钟暮鼓的寺院，而是在心。心能自由，则无处不在，无处不安，那么坐在什么地方又有什么重要呢?

我们都是平凡的人，介于自然人和知识人的中间，想要像悟道者那样进入绝对和谐的世界是极难的，也就是说我们难以成为真正自由的人。

但我们却可以提醒自己往自由的道路走，少一点贪念，就少一点物欲的缠缚，多一点淡泊的自由。少一点嗔心，就少一点怨恨的纠葛，多一点平静的自由。少一点愚痴，就少一点情爱与知解的牵扯，多一点清明的自由。限制迷障了我们自由的，是贪、嗔、痴三种毒剂，使我们超脱觉悟的则是戒、定、慧三帖解毒的药方。

完全自在无碍的心灵是每个人所渴望的，它的实践就是佛陀说的：“放下！放下！”

放下什么呢？看到拖鞋翻了，把它摆正吧！摆正了的拖鞋，再也不要放在心上，如是而已。

我要得到更好、更珍贵、更真实的爱，首先是使我的心得到自由。

图书在版编目（CIP）数据

在这坚硬的世界里，修得一颗柔软心 / 林清玄著
. — 杭州：浙江教育出版社，2021.1

ISBN 978-7-5722-0997-0

Ⅰ. ①在… Ⅱ. ①林… Ⅲ. ①散文集—中国—当代
Ⅳ. ①I267

中国版本图书馆CIP数据核字（2020）第222360号

责任编辑　蔡　歆　　**美术编辑**　曾国兴
责任校对　赵露丹　　**责任印务**　沈久凌
产品经理　李　乐　　**特约编辑**　王云欢

在这坚硬的世界里，修得一颗柔软心

ZAI ZHE JIANYING DE SHIJIE LI, XIU DE YI KE ROURUANXIN

林清玄　著

出版发行　浙江教育出版社
（杭州市天目山路 40 号　电话：0571-85170300-80928）
印　　刷　三河市嘉科万达彩色印刷有限公司
开　　本　880mm × 1230mm　1/32
成品尺寸　145mm × 210mm
印　　张　11.25
字　　数　212000
版　　次　2021 年 1 月第 1 版
印　　次　2021 年 1 月第 1 次印刷
标准书号　978-7-5722-0997-0
定　　价　55.00元

如发现印装质量问题，影响阅读，请与本社市场营销部联系调换。
电话：0571-88909719